Contos de
João Alphonsus

Contos de
João Alphonsus

Organização: Maria Vianna
Ilustração: Rogério Coelho

O Encanto do Conto

DIRETOR EDITORIAL	Raul Maia Junior
EDITOR DE LITERATURA	Vitor Maia
COORDENAÇÃO EDITORIAL	Maria Vianna
ASSITÊNCIA EDITORIAL	Pétula Ventura Lemos
PREPARAÇÃO DE TEXTO	Eloísa Aragão
REVISÃO DE PROVAS	Gislene P. Rodrigues de Oliveira
	Ana Paula Ribeiro
	Christina Lucy Fontes Soares
GLOSSÁRIO E BOXES	Adilson Miguel
PESQUISA ICONOGRÁFICA	Juliana Cecci Silva
CAPA, PROJETO GRÁFICO E DIAGRAMAÇÃO	Vinicius Rossignol Felipe

**Texto em conformidade com as novas
regras ortográficas do Acordo da Língua Portuguesa.**

**Dados Internacionais de Catalogação na Publicação (CIP)
(Câmara Brasileira do Livro, SP, Brasil)**

Guimaraens, João Alphonsus de, 1901-1944.
  Contos de João Alphonsus / ilustrações Rogério Coelho.
/ Organização Maria Vianna – São Paulo: Editora DCL, 2009

  ISBN 978-85-7338-806-0

  1. Contos – Literatura infantojuvenil I. Coelho, Rogério. II.
Título. III. Série.

03-1968   CDD – 028.5

Índices para catálogo sistemático:

  1. Contos : Literatura infantojuvenil   028.5
  2. Contos : Literatura juvenil   028.5

1ª edição

Editora DCL
Tel.: (0xx11) 3932-5222
www.editoradcl.com.br

SUMÁRIO

Mestre do Conto

A arte do conto é uma das mais difíceis da literatura. Essa forma breve de narrativa exige o máximo de concisão e de intensidade. O contista, no seu curto espaço, apresenta uma percepção aguda, concentrada. Algo tão depurado, tão reduzido ao essencial, que às vezes lembra bastante o poema. As revelações que o conto produz estão numa região de fronteira entre a poesia e a prosa.

João Alphonsus é considerado um dos melhores contistas do país. No conjunto de sua obra, a crítica sempre reconheceu a superioridade das narrativas curtas sobre as longas. O próprio autor admitiu sua predileção pelos contos, "gênero que me atrai e satisfaz quase que exclusivamente, tentador e difícil, mas tão compensador quando se consegue alguma coisa que nos pareça verdadeiramente realizada".

Entre os seus contos, o mais famoso é "Galinha cega". Admirado por Mário de Andrade e Antônio de Alcântara Machado, o conto teve uma carreira brilhante e chegou a ser apontado como "um dos melhores espécimes do gênero na literatura universal". É difícil encontrar uma seleção dos principais contos publicados no Brasil que não inclua, entre os primeiros da lista, a história da pobre galinha e do carroceiro que a amava com tanto ardor e piedade. O sucesso foi tão grande que o próprio escritor, em tom de brincadeira, dizia ter a impressão de não haver produzido mais nada, de ser o autor de um único conto.

A narrativa comove os leitores com sua rara beleza. Em "Galinha cega", estão presentes os principais temas da literatura de João Alphonsus: a simpatia pelos bichos, que passam a ter sentimentos como qualquer criatura humana, e a compreensão de que só o amor pode amenizar a miséria que atinge a todos os seres. Também é possível notar características do período modernista, como a aproximação com a realidade das ruas e o gosto pelas anedotas, narradas com uma linguagem brasileira, saborosa e descontraída.

Em suas viagens como promotor de Justiça pelo interior de Minas, João Alphonsus observava atentamente os tipos e os costumes sertanejos. Dessa experiência surgiram narrativas de caráter regionalista, como o delicado conto "Mansinho", que também faz parte desta nossa seleção. A personagem principal é o padre Manuel Carlos. Assim como o carroceiro de "Galinha cega", ele era bastante apegado a seu burro – a ponto de acreditar que o animal possuía alma. Apesar de saber que tal crença podia soar pecaminosa, o vigário concebia a existência de "um Deus de todas as criaturas, de todas as almas, mais racionais, menos racionais, igualmente dignas de dó e de misericórdia".

Nos contos "O guarda-freios", "Ordem final" e "O ladrão", também aqui reunidos, reencontramos a simpatia do autor pelos humildes, ao lado da visão trágica da existência, sempre temperada por boas doses de humor e de lirismo. Um caixeiro-viajante com vocação para poeta é o narrador do conto "O guarda-freios". O que ele relata são as aventuras amorosas de um "galã ferroviário", observado com curiosidade durante uma de suas viagens. "Ordem final" é a história de dona Carlota, uma pobre viúva que recebe a proteção de um parente distante e passa a morar com os cinco filhos na casa dele. Mas o sujeito, um aposentado meio esquisito, não suporta o barulho e a alegria espontânea das crianças. Finalmente, em "O ladrão", temos a narrativa cômica, quase absurda, de um homem que se torna amigo do bandido que tenta invadir a sua casa.

A leitura dos contos de João Alphonsus reserva muitas surpresas. As criaturas surgem na plenitude de sua humanidade, ainda que elas sejam bichos, ou homens transformados em bichos pela sociedade cruel em que vivemos. É uma nova realidade, cheia de poesia, que aparece diante dos olhos do leitor.

Ivan Marques

GALINHA CEGA

Na manhã sadia, o homem de barbas poentas[1], entronado na carrocinha, aspirou forte. O ar passava lhe dobrando o bigode ríspido como a um milharal. Berrou arrastadamente o pregão[2] molengo:

– Frangos BONS E BARATOS!

Com as cabeças de mártires obscuros enfiadas na tela de arame os bichos piavam num protesto. Não eram bons. Nem mesmo baratos. Queriam apenas que os soltassem. Que lhes devolvessem o direito de continuar ciscando no terreiro amplo e longe.

– Psiu!

Foi o cavalo que ouviu e estacou, enquanto o seu dono terminava o pregão. Um bruto homem de barbas brancas na porta de um barracão chamava o vendedor cavando o ar com o braço enorme.

Quanto? Tanto. Mas puseram-se a discutir exaustivamente os preços. Não queriam por nada chegar a um acordo. O vendedor era macio. O comprador brusco.

– Olhe esta franguinha branca. Então não vale?

– Está gordota[3]... E que bonitos olhos ela tem. Pretotes[4]... Vá lá!

O homem de barbas poentas entronou-se de novo e persistiu em gritar pela rua que despertava:

– Frangos BONS e BARATOS!

Carregando a franga, o comprador satisfeito penetrou no barracão.

– Olha, Inácia, o que eu comprei.

A mulher tinha um eterno descontentamento escondido nas rugas. Permaneceu calada.

poento[1]: poeirento
pregão[2]: grito de vendedor ambulante
gordota[3]: diminutivo de gorda
pretote[4]: diminutivo de preto

– Olha os olhos. Pretotes...

– É.

– Gostei dela e comprei. Garanto que vai ser uma boa galinha.

– É.

No terreiro, sentindo a liberdade que retornava, a franga agitou as penas e começou a catar afobada os bagos de milho que o novo dono lhe atirava divertidíssimo.

• • •

A rua era suburbana, calada, sem movimento. Mas no alto da colina dominando a cidade que se estendia lá embaixo cheia de árvores no dia e de luzes na noite. Perto havia moitas de pitangueiras a cuja sombra os galináceos podiam flanar[5] à vontade e dormir a sesta.

A franga não notou grande diferença entre a sua vida atual e a que levava em seu torrão natal distante. Muito distante. Lembrava-se vagamente de ter sido embalaiada com companheiros mal-humorados. Carregavam os balaios a trouxe-mouxe[6] para um galinheiro sobre rodas, comprido e distinto, mas sem poleiros. Houve um grito lá fora, lancinante[7], formidável. As paisagens começaram a correr nas grades, enquanto o galinheiro todo se agitava, barulhando e rangendo por baixo. Rolos de fumo rolavam com um cheiro paulificante[8]. De longe em longe as paisagens paravam. Mas novo grito e elas de novo a correr. Na noitinha sumiram-se as paisagens e apareceram fagulhas. Um fogo de artifício como nunca vira. Aliás ela nunca tinha visto um fogo de artifício. Que lindo, que lindo. Adormecera numa enjoada madorna[9]...

Viera depois outro dia de paisagens que tinham pressa. Dia de sede e fome.

Agora a vida voltava a ser boa. Não tinha saudades do torrão natal. Possuía o bastante para sua felicidade: liber-

flanar[5]: andar sem rumo
a trouxe-mouxe[6]: desordenadamente
lancinante[7]: agudo, intenso
paulificante[8]: enjoado
madorna[9]: sonolência

dade e milho. Só o galo é que às vezes vinha perturbá-la incompreensivelmente. Já lá vinha ele, bem elegante, com plumas, forte, resoluto. Já lá vinha. Não havia dúvida que era bem bonito. Já lá vinha... Sujeito cacete[10].

O galo – có, có, có – có, có, có – rodeou-a, abriu a asa, arranhou as penas com as unhas. Embarafustaram[11] pelo mato numa carreira doida. E ela teve a revelação do lado contrário da vida. Sem grande contrariedade a não ser o propósito inconscientemente feminino de se esquivar, querendo e não querendo.

• • •

– A melhor galinha, Inácia! Boa à beça[12]!

– Não sei por quê.

– Você sempre besta! Pois eu sei...

– Besta! besta, hein?

– Desculpe, Inácia. Foi sem querer. Também você sabe que eu gosto da galinha e fica me amolando.

– Besta é você!

– Eu sei que eu sou.

• • •

Ao ruído do milho se espalhando na terra, a galinha lá foi correndo defender o seu quinhão[13], e os olhos do dono descansaram em suas penas brancas, no seu porte firme, com ternura. E os olhos notaram logo a anormalidade. A branquinha – era o nome que o dono lhe botara – bicava o chão doidamente e raro alcançava um grão. Bicava quase sempre a uma pequena distância de cada bago de milho e repetia o golpe, repetia com desespero, até catar um grão que nem sempre era aquele que visava.

O dono correu atrás de sua branquinha, agarrou-a, lhe examinou os olhos. Estavam direitinhos, graças a Deus, e muito pretos. Soltou-a no terreiro e lhe atirou mais milho. A galinha

cacete[10]: impertinente
embarafustar[11]: adentrar confusamente
à beça [grafado à bessa no original][12]: em grande quantidade
quinhão[13]: parte

continuou a bicar o chão desorientada. Atirou ainda mais, com paciência, até que ela se fartasse. Mas não conseguiu com o gasto de milho, de que as outras se aproveitaram, atinar com a origem daquela desorientação. Que é que seria aquilo, meu Deus do céu? Se fosse efeito de uma pedrada na cabeça e se soubesse quem havia mandado a pedra, algum moleque da vizinhança, ai... Nem por sombra pensou que era a cegueira irremediável que principiava.

Também a galinha, coitada, não compreendia nada, absolutamente nada daquilo. Por que não vinham mais os dias luminosos em que procurava a sombra das pitangueiras? Sentia ainda o calor do sol, mas tudo quase sempre tão escuro. Quase que já não sabia onde é que estava a luz, onde é que estava a sombra.

Foi assim que, certa madrugada, quando abriu os olhos, abriu sem ver coisa alguma. Tudo em redor dela estava preto. Era só ela, pobre, indefesa galinha, dentro do infinitamente preto; perdida dentro do inexistente, pois que o mundo desaparecera e só ela existia inexplicavelmente dentro da sombra do nada. Estava ainda no poleiro. Ali se anularia, quietinha, se fanando[14] quase sem sofrimento, porquanto a admirável clarividência dos seus instintos não podia conceber que ela estivesse viva e obrigada a viver, quando o mundo em redor se havia sumido.

Porém, suprema crueldade, os outros sentidos estavam atentos e fortes no seu corpo. Ouviu que as outras galinhas desciam do poleiro cantando alegremente. Ela, coitada, armou um pulo no vácuo e foi cair no chão invisível, tocando-o com o bico, pés, peito, o corpo todo. As outras cantavam. Espichava inutilmente o pescoço para passar além da sombra. Queria ver, queria ver! Para depois cantar.

As mãos carinhosas do dono suspenderam-na do chão.

– A coitada está cega, Inácia! Cega!

– É.

fanar[14]: murchar

Nos olhos raiados[15] de sangue do carroceiro (ele era carroceiro) boiavam duas lágrimas enormes.

• • •

Religiosamente, pela manhãzinha, ele dava milho na mão para a galinha cega. As bicadas tontas, de violentas, faziam doer a palma da mão calosa. E ele sorria. Depois a conduzia ao poço, onde ela bebia com os pés dentro da água. A sensação direta da água nos pés lhe anunciava que era hora de matar a sede; curvava o pescoço rapidamente, mas nem sempre apenas o bico atingia a água: muita vez, no furor da sede longamente guardada, toda a cabeça mergulhava no líquido, e ela a sacudia, assim molhada, no ar. Gotas inúmeras se espargiam[16] nas mãos e no rosto do carroceiro agachado junto do poço. Aquela água era como uma bênção para ele. Como a água benta, com que um Deus misericordioso e acessível aspergisse todas as dores animais. Bênção, água benta, ou coisa parecida: uma impressão de doloroso triunfo, de sofredora vitória sobre a desgraça inexplicável, injustificável, na carícia dos pingos de água, que não enxugava e lhe secavam lentamente na pele. Impressão, aliás, algo confusa, sem requintes psicológicos e sem literatura.

Depois de satisfeita a sede, ele a colocava no pequeno cercado de tela separado do terreiro (as outras galinhas martirizavam muito a branquinha) que construíra especialmente para ela. De tardinha dava-lhe outra vez milho e água, e deixava a pobre cega num poleiro solitário, dentro do cercado.

Porque o bico e as unhas não mais catassem e ciscassem, puseram-se a crescer. A galinha ia adquirindo um aspecto irrisório de rapace[17], ironia do destino, o bico recurvo, as unhas aduncas[18]. E tal crescimento já lhe atrapalhava os passos, lhe impedia o comer e beber. Ele notou mais essa miséria e, de vez em quando, com a tesoura, aparava o excesso de substância córnea[19] no serzinho desgraçado e querido.

raiado[15]: congestionado, vermelho
espargir[16]: espalhar
rapace[17]: que rouba
adunco[18]: em forma de gancho
córneo[19]: duro como corno (chifre)

Entretanto, a galinha já se sentia de novo quase feliz. Tinha delidas[20] lembranças da claridade sumida. No terreiro plano ela podia ir e vir à vontade até topar a tela de arame, e abrigar-se do sol debaixo do seu poleiro solitário. Ainda tinha liberdade – o pouco de liberdade necessário à sua cegueira. E milho. Não compreendia nem procurava compreender aquilo. Tinham soprado a lâmpada e acabou-se. Quem tinha soprado não era da conta dela. Mas o que lhe doía fundamente era já não poder ver o galo de plumas bonitas. E não sentir mais o galo perturbá-la com o seu có-có-có malicioso. O ingrato.

• • •

Em determinadas tardes, na ternura crescente do parati[21], ele pegava a galinha, após dar-lhe comida e bebida, se sentava na porta do terreiro e começava a niná-la com a voz branda, comovida:

– Coitadinha da minha ceguinha!

– Tadinha da ceguinha...

Depois, já de noite, ia botá-la no poleiro solitário.

• • •

De repente os acontecimentos se precipitaram.

• • •

– Entra!

– Centra[22]!

A meninada ria a maldade atávica[23] no gozo do futebol originalíssimo. A galinha se abandonava sem protesto na sua treva à mercê dos chutes. Ia e vinha. Os meninos não chutavam com tanta força como a uma bola, mas chutavam, e gozavam a brincadeira.

O carroceiro não quis saber por que é que a sua ceguinha estava no meio da rua. Avançou como um possesso com

delido[20]: apagado
parati[21]: cachaça
centrar[22]: lançar a bola
atávico[23]: de nascença

o chicote que assoviou para atingir umas nádegas tenras. Zebrou[24] carnes nos estalos da longa tira de sola. O grupo de guris se dispersou em prantos, risos, insultos pesados, revolta.

●●●

— Você chicoteou o filho do delegado. Vamos à delegacia.

●●●

Quando saiu do xadrez, na manhã seguinte, levava um nó na garganta. Rubro de raiva impotente. Foi quase que correndo para casa.

— Onde está a galinha, Inácia?

— Vai ver.

Encontrou-a no terreirinho, estirada, morta! Por todos os lados havia penas arrancadas, mostrando que a pobre se debatera, lutara contra o inimigo, antes deste abrir-lhe o pescoço, onde existiam coágulos de sangue...

Era tão trágico o aspecto do marido que os olhos da mulher se esbugalharam de pavor.

— Não fui eu não! Com certeza um gambá!

— Você não viu?

— Não acordei! Não pude acordar!

Ele mandou a enorme mão fechada contra as rugas dela.

A velha tombou nocaute[25], mas sem aguardar a contagem dos pontos escapuliu para a rua gritando: — Me acudam!

●●●

Quando de novo saiu do xadrez, na manhã seguinte, tinha açambarcado[26] todas as iras do mundo. Arquitetava vinganças tremendas contra o gambá. Todo gambá é pau--d'água[27]. Deixaria uma gamela[28] com cachaça no terreiro.

zebrar[24]: cobrir de listras
tombar nocaute[25]: cair (*referência ao boxe*)
açambarcar[26]: concentrar
pau-d'água[27]: bêbado
gamela[28]: vasilha de madeira ou barro

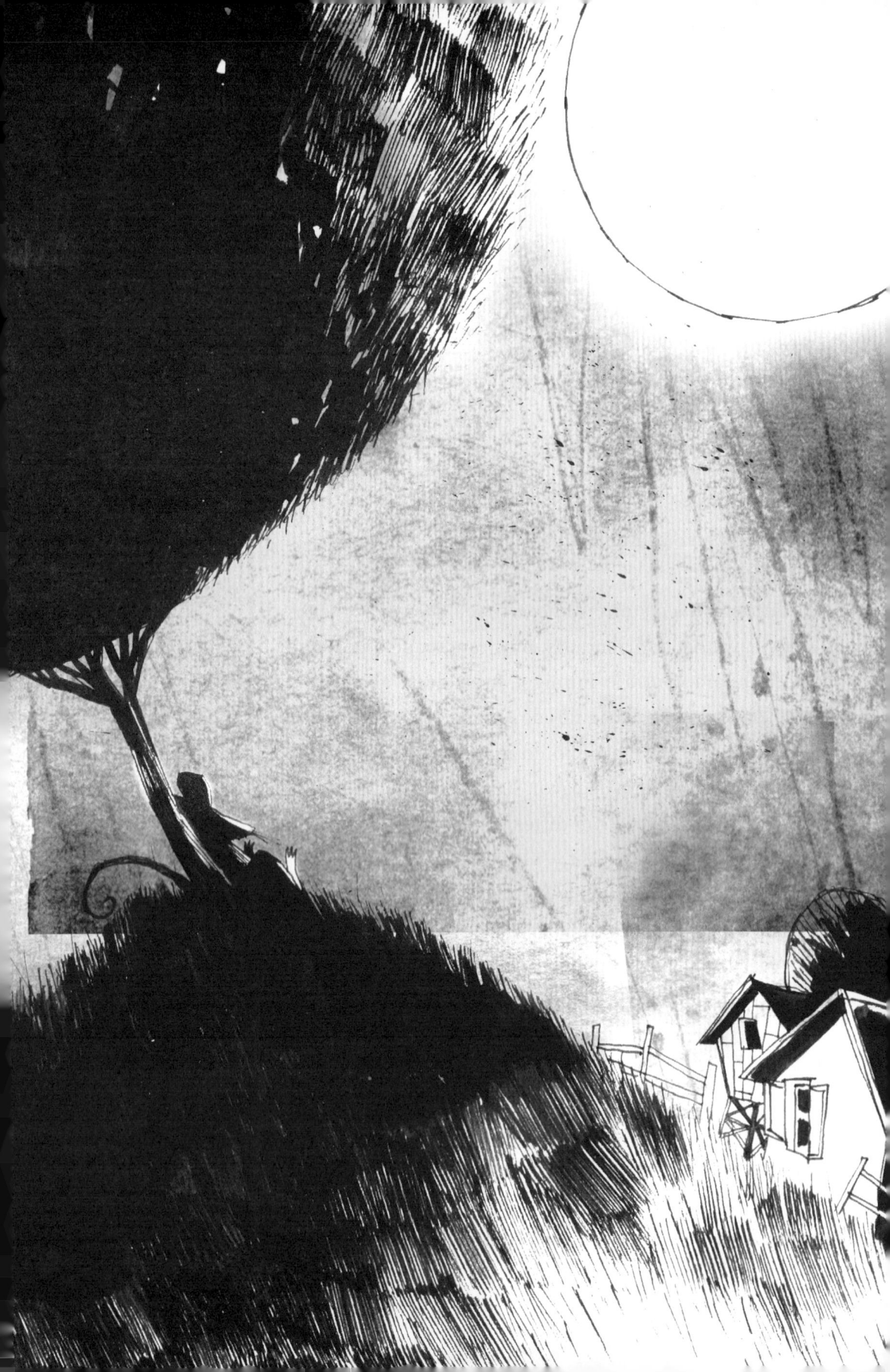

Quando o bichinho se embriagasse, havia de matá-lo aos poucos. De-va-ga-ri-nho. GOSTOSAMENTE.

De noite preparou a esquisita armadilha e ficou esperando. Logo pelas 20 horas o sono chegou. Cansado da insônia no xadrez, ele não resistiu. Mas acordou justamente na hora precisa, necessária. À porta do galinheiro, ao luar leitoso, junto à mancha redonda da gamela, tinha outra mancha escura que se movia dificilmente.

• • •

Foi se aproximando sorrateiro, traiçoeiro, meio agachado, examinando em olhadas rápidas o terreno em volta, as possibilidades de fuga do animal, para destruí-las de pronto, se necessário. O gambá fixou-o com os olhos espertos e inocentes, e começou a rir:

– Kiss! kiss! kiss!

(Se o gambá fosse inglês com certeza estaria pedindo beijos. Mas não era. No mínimo estava comunicando que houvera querido alguma coisa. Comer galinhas, por exemplo. Bêbado.)

O carroceiro examinou o bichinho curiosamente. O luar, que favorece os surtos[29] de raposas e gambás nos galinheiros, era esplêndido. Mas apenas tocou-o de leve com o pé, já simpatizado:

– Vai embora, seu tratante!

O gambá foi indo tropegamente[30]. Passou por baixo da tela e parou olhando para a lua. Se sentia imensamente feliz o bichinho e começou a cantarolar imbecilmente, como qualquer criatura humana:

– A lua como um balão balança!

A lua como um balão balança!

A lua como um bal...

E adormeceu de súbito debaixo de uma pitangueira.

surto[29]: aparecimento, ataque

ir tropegamente[30]: andar com dificuldade

MANSINHO

– Padre Manuel Carlos! Padre Manuel Carlos!

Ainda não eram seis horas e a névoa cobria todo o arraial, amaciando os ruídos matutinos, vozes de crianças nas ruas, gritos de criações nos terreiros. O chamado era estridente e assustado. O vigário, velho, tardo[1], pesado, surgiu à janela da pequenina casa paroquial.

– O burro morreu, meu padrinho. Deve ser picada de cobra.

– Hein?

– Encontrei o burro morto lá no pasto. Estendido no capim, mortinho... Deve ser picada de cobra.

– Hein?

Não era a surdez que fazia o vigário repetir tantas vezes a interjeição para o rapazinho preto parado junto à cerca: era a comoção da notícia da morte de Mansinho, o seu burro. Houve um momento de suspensão de toda a vida entre o pretinho campeiro[2] e o padre que, afinal, deixou a janela, saiu pela porta, atravessou o jardinzinho cheio de hortênsias e disse secamente ao ganhar a cancela[3] da moradia:

– Vamos até lá.

– O senhor não está acreditando?

– Vamos até lá.

– Mas é longe, meu padrinho...

– Vamos!

O rapazinho não teve outro remédio senão acompanhá-lo silenciosamente, nas passadas que principiaram rápidas mas logo se foram tornando lentas, à proporção que venciam a distância e a altura. Acompanhando-o, verdadeiramente se

tardo[1]: lento
campeiro[2]: do campo
cancela[3]: porteira

espantava do semblante[4] doloroso do vigário, o que também não se explicaria apenas pelo esforço que aquela arrancada devia estar exigindo de seu velho e vasto corpo de sessenta e um anos de idade. O rapazinho campeador[5] não compreendia, sobretudo, o sacrifício daquela caminhada. Se o animal tinha morrido, que é que ele ia fazer lá? Era deixá-lo para os urubus lá mesmo. Para que andar tanto? O semblante do padre Manuel Carlos vedava qualquer pergunta ou qualquer observação a respeito: era segui-lo, e bem calado. Já tinham andado durante mais de meia hora, o rosto do padre se inundava de suor com a expressão invariável de mágoa, e ainda teriam que andar muito naquele passo.

O burro se chamava Mansinho e já havia nove anos que lhe servia nas viagens, para missas nas capelas dos lugarejos da freguesia[6], para levar os sacramentos longe, para socorrer espiritualmente os moribundos. Não um burrico bíblico; mas alto, vigoroso, ainda não alquebrado[7] pela idade. Seguia os caminhos difíceis das serras pedregosas ou dos vales alagadiços a um simples toque de rédeas, sem nunca ser preciso usar a tala[8]. Era forte e manso. Mansinho, diminutivo que não vinha do seu corpo, mas da sua tranquilidade perfeita. E inteligente, compreensivo, quase humano... Mas, muitíssimas vezes, padre Manuel já tinha tido a tentação de lhe dar integralmente esse último qualificativo. Parecia um pecado, mas chegava a se perguntar intimamente se dentro daquela alimária[9] haveria uma alma. Nos momentos dessa interrogação irreligiosa, verdadeira tentação diabólica a lhe deformar a sua noção teológica de alma, afastava energicamente tais pensamentos, e às vezes tinha que se afastar do burro para se desembaraçar da onda de ternura em que se via envolvido para com aquele amigo dedicado e resignado[10]. Isso acontecia comumente depois de longas e pacientes caminhadas, quando olhava o moleque desarrear o animal

semblante[4]: rosto, fisionomia
campeador[5]: do campo
freguesia[6]: paróquia
alquebrado[7]: enfraquecido
tala[8]: chicote
alimária[9]: animal
resignado[10]: conformado

cansado, raspar-lhe o pelo suarento[11], dar-lhe milho no embornal[12], e os olhos do asinino[13] o fitavam gratos e compassivos, a ele padre que acabava de lhe explorar as forças através de caminhos longos, duros, acidentados! Havia uma luz de consciência no fundo daqueles olhos? Não havia coisa alguma! gritava no seu íntimo a reação contra essa fraqueza, e o vigário se afastava; ou pelo contrário, se o pretinho já havia acabado de tratar do burro, tangia-o[14] para longe a taladas irritadas, de que logo se arrependia...

Amigo dedicado e resignado: isto o padre sentia e proclamava livremente, sem ofender a Deus com aquele sentimento recíproco de estima entre o animal racional e o irracional. Fora mesmo a resignação do quadrúpede que gerara a estima logo nos primeiros dias em que o montava. Escorregando numa estrada íngreme e lamacenta, Mansinho fraturara uma das patas dianteiras num caldeirão[15] formado pelas enxurradas. Padre Manuel Carlos fizera o resto do caminho a pé, puxando-o pelo cabresto, sofrendo de vê-lo suster-se[16] mal nas outras três patas, durante o percurso por atalhos que nunca antes lhe pareceram tão ásperos e dificultosos. Um curandeiro veterinário, ou curador como se dizia por ali, viera a chamado do vigário, embora repugnassem[17] a este as suas artes endemoninhadas, tanto que teve que protestar com toda a sua indignação evangélica contra as preliminares da cura, que consistiam na benzedura da pata. O velho mirrado, de voz mole e pigarrenta[18], deixara entender que a benzedura era uma espécie de anestesia regional e que, não fazendo, teriam – e tiveram – que amarrar bem o paciente, peá-lo[19] violentamente, imobilizá-lo estendido no chão. Quando o curador, depois de distender a pata do paciente, procurava ajustar brutalmente os ossos retificando a linha da canela, padre Manuel Carlos, só ele, dera toda a sua atenção ao som que saía de entre os dentes cerrados da vítima imbele[20], talqualmente ao que o asno produzia no esforço de uma subida muito forte; – som que se foi repetindo dolorido, tentativa teimosa de um gemido incapaz de se formar, mas que se mostrou melhor pelos olhos de súbito molhados: lágrimas!...

Tratamento demorado, marcado de resignação, durante o qual o sacerdote ainda tivera que suportar a bazófia[21] do homenzinho que atribuía a demora à proibição de rezas adequadas; até que o burro ficara curado, apenas com um ligeiro desvio na pata atingida.

Nunca mais obrigara Mansinho a trotar depressa, nem tal seria necessário. As viagens do pastor de almas eram sempre feitas a passos lentos da montaria. Porém muitas noites, sendo o padre chamado para dar a Extrema-Unção a um moribundo, Mansinho parecia compreendê-lo e acelerava a marcha varando[22] a sombra noturna. Chegavam depressa aos quadros da morte que cortavam o coração do padre, na região humilde e pobre, entre a gente paupérrima que fazia questão de morrer de noite como por pudor, como para ocultar o exagero apoteótico[23] de miséria dos últimos instantes, nas palhoças infectas. Padre Manuel Carlos não era exclusivamente o médico das almas como muitos outros: assistia o moribundo e sempre deixava com a família um pouco do seu dinheiro. Se se tratava de um agonizante mal casado, só no civil, ou simplesmente ajuntado, o padre fazia um casamento de última hora perante o Deus da agonia. E se chegava tarde para casar um moribundo amancebado[24], nem por isso deixava de socorrer com um pouquinho de dinheiro à companheira enviuvada e aos filhos espúrios[25], certo de que naquele momento Deus já estaria perdoando todos os pecados do que morrera.

O pouco dinheiro que podia distribuir não o livrava de voltar para casa de alma alanceada[26] pelo que vinha de

bazófia [grafado *basófia* no original][21]: presunção
varar[22]: atravessar
apoteótico[23]: que tem final grandioso
amancebado[24]: amigado, não casado oficialmente
espúrio[25]: ilegítimo
alanceado[26]: ferido

presenciar. Apeava[27] na cancela e antes que o preto viesse desarrear[28] o animal, padre Manuel ficava parado e apoiado ao amigo, como incapaz de se suster sozinho.

– Quanta miséria no mundo, hein, Mansinho!

Sentia na sombra da noite ou à claridade do céu, quando estrelados, os olhos compreensivos do amigo burro que voltava a cabeça ao escutar o seu nome. Era a única criatura a que fazia tal confidência, empregando todas as forças na sua missão para com os homens, que era animá-los, socorrê-los com incentivos, prepará-los para a vida eterna, fazendo-os aceitar os sofrimentos como provações impostas por Deus no caminho do céu, evitando sempre mostrar-lhes aqueles instantes do seu desmantelo[29] moral diante de irremediáveis indigências materiais do mundo.

O animal estava hirto[30] e teso[31] no chão junto a um cupim[32], com o pelo rosilho[33] eriçado, o focinho voltado para a vereda[34] aberta no capim, por onde eles chegavam, os olhos voltados para a vereda como esperando que o padre viesse vê-lo; mas vítreos[35], inexpressivos, terrivelmente dilatados.

– Fecha os olhos dele.

O moleque hesitou uns segundos, diante de tanta esquisitice: pondo-se de cócoras, puxou com os dedos em pinça as pálpebras por sobre as pupilas negras; porém as pálpebras se encolhiam elasticamente quando os dedos as deixavam; olhou o vigário, esperando que este estivesse acompanhando o seu esforço obediente e verificando assim a impossibilidade de cumprir a ordem. Entretanto padre Manuel Carlos, passeando o olhar pelo morto, apenas disse:

– Vamos enterrar ele... Aqui mesmo. Vai na roça do Chico Antônio e chama uns homens com as enxadas. Ah, eles não estão trabalhando hoje... Vai na fazenda do Chico Antônio e pede uns camaradas com as enxadas. Pode explicar pra que que é. E vai depressa!

O negrinho saiu correndo. E quando voltou, depois de mais de uma hora, com seis enxadeiros comandados pelo próprio Chico Antônio, dono da fazenda de Água Limpa, ainda estava o vigário junto ao asno morto, debaixo do sol já avançado.

– Bom dia, seu vigário.

– Bênção.

– Bênção, meu padrinho.

– Bênção...

– Deus abençoe a todos.

– Deve ser picada de cobra, disse o fazendeiro, homem amarelo e quarentão, arrevesado[36] e implicante, que talvez tivesse vindo só para constatar pessoalmente aquela esquisitice, pois com mal fingido interesse verrumava[37] com os olhos a cara do sacerdote. A gente pode procurar o lugar da picada.

Padre Manuel fez um gesto negativo, – de que não lhe interessava a causa da morte. E acrescentou secamente:

– Só quero que o enterrem.

Abriram a cova larga e funda, trabalho moroso, pois dispunham só das enxadas para cortar e retirar a terra. O fazendeiro, à medida que o buraco ia adquirindo a forma retangular, sentia uma repugnância estranha em ter que enterrar um burro numa cova igual à dos homens. E murmurava baixinho a seus camaradas, com um sorriso meio escondido, que teria sido melhor mandar chamar o Deco, coveiro do arraial, – ao mesmo tempo ele próprio ia dando enxadadas nas bordas para destruir aquela forma regular de sepultura. O padre não dizia nada, passeando alheiamente de cá para lá, entre o cupim e o morto, debaixo do sol alto, e enxugando de vez em quando o suor do rosto.

arrevesado[36]: ríspido, intratável
verrumar[37]: perfurar

– Pronto, padre Manuel.

Ele aproximou-se e ordenou com um gesto que arrastassem Mansinho. Quatro homens o agarraram, pela cabeça, pelas patas, pelo rabo, atirando-o lá no fundo. O rosto do sacerdote estava mais suarento e mais pálido, à opressão de um combate íntimo de que os circunstantes[38] ignaros[39] jamais desconfiariam. Seria mesmo uma impulsão do demônio? Ou de Deus, de um Deus de todas as criaturas, de todas as almas, mais racionais, menos racionais, igualmente dignas de dó e de misericórdia? Pegando de uma enxada, o padre atirou na cova a primeira pá de terra, que tombou sobre o ventre inchado com o mesmo ruído surdo que faz sobre um caixão de defunto. Dentro de um zumbido de tonteira, soavam-lhe na cabeça as palavras que não queria pronunciar: – *Requiem aeternum dona ei, Domine, et lux perpetua luceat ei*[40]... Liberto da opressão, mas extenuado, entreparou[41] à beira do buraco, enxada em punho, e percebendo que os roceiros o espiavam interditos[42] e curiosos, gritou-lhes asperamente:

– Quem é que estão esperando? Andem com isso!

A terra começou a cair sobre o corpo e o velho se afastou dizendo para o fazendeiro:

– O senhor manda lá em casa receber a paga do serviço.

– Ora, eu lá vou cobrar isto do senhor, padre Manuel?

Quando o velho se afastou sem se despedir nem lhe agradecer, o fazendeiro acrescentou:

– Caduquice. Caduquice da boa.

Ao passo que a terra era rapidamente atirada sobre Mansinho, padre Manuel Carlos ia andando devagar acompanhado pelo moleque. Devagar, castigado agora pelo sol a pino, na direção do arraial, cuja igrejinha já enxergava no alto, de légua e meia de distância. Teriam que descer muito, atravessar o córrego, tornar a subir, descer, subir... Devagar, porém mais leve e mais seguro. Quando chegou à margem do córrego, bebeu nas mãos numerosos goles d'água e atravessou

circunstante[38]: pessoa presente
ignaro[39]: ignorante
requiem aeternum dona ei, Domine, et lux perpetua luceat ei[40]: (em latim, trecho do ofício dos mortos, na liturgia católica) dai-lhe o repouso eterno, Senhor, e que a luz perpétua o ilumine
entreparar[41]: parar por um momento
interdito[42]: paralisado

a pinguela de uma tábua sem corrimão, começando a subir de novo. No ar luminoso vibraram as badaladas de um sino, do sino grande de sua igrejinha. Era o sacristão que tocava meio-dia. Meio-dia... e ele se esquecera de dizer missa! Se esquecera pela primeira vez em toda a sua vida de padre. O sentimento da culpa enorme invadiu a sua alma e sangrou o seu coração engambelado[43] pela tentação diabólica. Caiu de joelhos, curvando-se, confundindo-se com o pó:

– Perdão, meu Jesus! Perdão, meu Deus de misericórdia! Perdão, gloriosa Sant'Ana!

Durante mais de três meses padre Manuel Carlos experimentara exercer o sacerdócio sem o auxílio da montaria. Os fieis abastados, residentes longe, já se haviam amoldado à situação, e quando careciam de seus cuidados espirituais, mandavam-lhe um animal para se locomover a cavalo. No entanto sua freguesia era grande e paupérrima: poucos podiam lhe facilitar a locomoção. Havia muitos lugarejos espalhados pelas distâncias, com capelas aonde antes ele ia dizer missa de longe em longe, oportunidade para celebrar matrimônios, para provocar o casamento dos malcasados, para batizar tantos meninos. Os casais estariam se juntando simplesmente, por falta de padre; os malcasados continuavam assim; os meninos estavam pagãos, e como morriam muitos, eram tantas pequenas almas para o Limbo[44]... Dentro de um espaço de duas, de três léguas, a fim de socorrer um moribundo, ainda tentava ir a pé, para sofrer a decepção de quase sempre chegar tarde. Morria-se sem confissão, sem os santos óleos!

Deliberou[45] então amealhar[46] dinheiro para adquirir um novo burro. E com cinco meses de economia tinha oitenta e cinco mil reis, quantia ridícula para quem precisava de uma alimária grande e resistente, capaz de conduzir o seu vasto corpo e de vencer assim longas distâncias. Buscava sempre se informar sobre quem pudesse ou quisesse vender um cavalo

engambelado[43]: enganado, seduzido
Limbo[44]: local onde se encontram as almas das crianças que morreram sem batismo, segundo a crença católica
deliberar[45]: decidir
amealhar[46]: juntar

ou um burro, de preferência este, mais duro e pacato. Chegou-lhe um dia a notícia de que o mesmo fazendeiro Chico Antônio declarara que venderia por qualquer preço o burro que tinha para seu uso pessoal, novo e vigoroso, de pelo queimado e uma estrela preta na testa, animal em que o padre já o vira montado a fazer visagens[47] dominicais no arraial: vendê-lo--ia por qualquer preço porque Estrelado dera para empacar, talvez num capricho de excesso de trato; e como o fazendeiro houvesse tentado desempacá-lo a esporadas irritadas e taladas na cabeça, o burro atirara-o no chão com um pulo inesperado de revés[48]... Padre Manuel Carlos soube de tudo isso e despachou o moleque com um recado: – se Chico Antônio aceitasse noventa mil reis, podia mandar o Estrelado. O fazendeiro soltou uma risada:

– O caduco está querendo virar peão, gente!

Rindo, ele, a mulher, os filhos, as filhas, os empregados da Água Limpa, Chico Antônio mandou selar uma besta, cavalgou-a e arrancou logo para o arraial levando Estrelado pelo cabresto. O vigário veio para a cancela recebê-lo com um coração de menino pulando no peito.

– Aqui está o burro, padre Manuel. Falei que vendia mas só por falar, na hora da raiva; mas pro senhor sustento a palavra... O senhor já sabe que ele é empacador? Que não sai do lugar com a gente em cima nem puxado pelo cabresto? Que se a gente mete a espora ele salta? Que nem peão aguenta o salto de lado que ele dá? (O padre ia sacudindo a cabeça afirmativamente: sabia de tudo aquilo.) E quer comprar assim mesmo? Então... uma condição... O senhor me devolve o burro se não puder com ele?

– Por que é que não hei-de poder, seu Chico? perguntou o reverendo com mansuetude[49].

– Mas... só se ele está com o capeta no corpo e o senhor quer tirar o capeta antes de montar!

Padre Manuel Carlos riu-se com uma segurança inexplicável:

– Não fale em capeta, seu Chico, que o sujo não entra neste negócio, graças a Deus todo-poderoso. Se aceita os noventa mil reis, aqui tem o dinheiro...

A notícia do negócio correu logo o arraial, espalhada pelo próprio vendedor: o velho vigário estava querendo virar peão. Os seus paroquianos se impressionaram com isso, pois na idade do padre uma queda da sela seria a morte... O asno era teimoso e estúpido. Por outro lado, conheciam que a mansidão do pastor de almas podia às vezes se transformar em cólera, como acontecia quando os fieis se distraíam em namoros e conversinhas durante as cerimônias religiosas, e ele chegava a expulsá-los da igreja com a revolta de Cristo contra os vendilhões[50] do templo, ameaçando-os até de pancadas. O asno era um asno, mas o velho padre podia vir a perder a paciência com ele, esporeá-lo, bater-lhe, – para ser jogado fora da sela! As beatas sobressaltaram-se histerica-mente e organizaram uma comissão para ir dissuadir[51] o pároco daquela maluquice de sexagenário. Simples e direto, às primeiras palavras da diretora das Filhas de Maria, que lhe apareceram em comissão, padre Manuel Carlos se irritara um pouco e despachara-as para que cuidassem de suas prendas domésticas: pensariam que ele estivesse doido? Permaneceu o ambiente de ansiedade pelos acontecimentos, com os comentários de janela em janela; a dúvida, alguns risos, até algumas apostas; e rezas...

Ao primeiro chamado para preparar uma alma prestes a deixar o corpo (na fazenda do Chico Antônio, como se fosse de propósito), o vigário cavalgou calmamente o Estrelado, atravessou lentamente a localidade, cujas janelas se encheram de caras curiosas, e subiu o morro até quebrar a lombada[52]. Por acatamento ou receio de sua

vendilhão[50]: vendedor
dissuadir[51]: fazer mudar de ideia
lombada[52]: elevação

cólera, ninguém ousou segui-lo, aconselhando-se apenas o seu moleque a que o fizesse, às ocultas, de certa distância. Quando o moleque também quebrou a lombada, viu logo o cavaleiro parado mais embaixo. Era certo que o burro estava empacado, recusando-se a seguir viagem, logo no começo desta. Escanchado[53] na sela, padre Manuel Carlos não fazia o menor movimento. O negrinho aproximou-se e observou-o de trás de uma moita: o padre abrira o Breviário e estava lendo-o. Lendo. Rezando. Lendo. Quanto tempo se passou? Talvez horas. O sol percorrera grande espaço do céu. Padre Manuel Carlos lia, mas toda a sua fé ardia numa prece para que Deus fizesse o moribundo esperá-lo. O sol continuava a avançar. E depois de ter por várias vezes procurado mudar a posição das patas para suportar aquele peso e aquela paciência, Estrelado se moveu continuando o caminho... O moleque abalou para o arraial, a contar alegremente o que vira.

E foi assim: uma longa, longuíssima aplicação de paciência. Decorriam meses e o vigário ia e vinha sobre o quadrúpede que fora perigoso. Mesmo dentro das ruas padre Manuel Carlos já tinha sido forçado a rezar o Breviário sobre a sela. Os habitantes passavam e lhe pediam a bênção com um sorriso, sabedores daquela aplicação; alguns paravam, na esperança de presenciarem a vitória da paciência, e acabavam seguindo; outros surgiam e se iam; afinal, os últimos gozavam o triunfo do cavaleiro, mas sem estardalhaço, pelo respeito ao sacerdote: Estrelado resolvia andar. Até à noite, na estrada, o padre lia; fingia que lia, ou com livro aberto repetia de cor as suas orações noturnas, até que a alimária voltasse a caminhar. Com o correr do tempo o problema se foi simplificando. Já quando o burro estacava num lugar, bastava o padre tirar do bolso da batina o livro e abri-lo para convencer Estrelado da inutilidade do empacamento.

escanchado[53]: sentado, montado

No entretanto, durante tantos meses, o vigário jamais pudera deixar de levar consigo o livro, como era do seu dever; nem o abandonava um receio – de que a montaria se irritasse de um momento para outro e desse o famoso salto derevés...

E assim chegou novo dia de Sant´Ana, um ano certo sobre a morte de Mansinho. Tinha sido para o padre ir às festas da Santa, padroeira do povoado do Morro de Sant'Ana, que o pretinho fora campear o burro e o tinha encontrado morto. Os habitantes daquele povoado não desejavam que as festas falhassem como no ano anterior. Às cinco horas estava um próprio à cancela da casa paroquial, conduzindo um bom cavalo para o vigário. Padre Manuel Carlos tinha despertado com a lembrança daquela manhã, e conturbado, confuso pela recordação daquelas fraquezas passadas. Declarou ao mensageiro que viajaria mesmo no seu burro e lhe entregou a mala com livros e paramentos, mandando-o ir na frente, de um modo peremptório[54]. Quando o moleque surgiu com Estrelado, montou-o ainda turbado[55], distraído...

– Vamos, Mansinho.

E humilhado ao ouvir com surpresa o murmúrio das próprias palavras, que escapavam de sua boca numa confusão estranha... O amigo dedicado e resignado! Queria ir e não ir até lá...

A névoa cobria o arraial. Começavam os ruídos matutinos. Cinco horas. Atravessou lentamente as ruas. Resolutamente, tocou pelo atalho do morro, vadeou[56] o córrego perto da pinguela, passou a porteira do pasto, penetrou em pleno capinzal rasteiro. Deus lhe perdoaria! Era impossível descobrir o lugar, ainda mais com a névoa baixa... Ocorreu-lhe uma ideia que era uma superstição, um novo pecado: – deixar que Estrelado fosse andando com as rédeas soltas, para que o seu tino desse com o local almejado. Porém o burro andou, andou muito, até junto de uma cerca divisória. Padre Manuel Carlos mais uma

peremptório[54]: terminante, decisivo
turbado[55]: inquieto
vadear[56]: passar pela parte mais rasa

vez pediu perdão a Deus e puxou suavemente as rédeas para uma direção que lhe pareceu ainda não percorrida. Quanto tempo já teria passado? Cresceu dentro dele uma aflição infinita, a certeza de que estava sendo castigado na sua franqueza vergonhosa, – de que horas já se haviam escoado e a festa de Sant´Ana não se realizaria. Tal a certeza, a tortura, que nem se atreveu a consultar o relógio. O burro marchava devagar dentro da névoa que se esgarçava[57]. E aquela aflição, forte para atormentá-lo, fraca para fazê-lo sair dali, daquele pecado em que rodava sem rumo como num círculo de suplício diabólico...

– Perdão, meu bom Deus! Se ainda mereço perdão...

Estrelado estacou suavemente, e não de súbito, como costumava fazer para empacar. Trêmulo, angustiado, padre Manuel Carlos nem percebeu que ele próprio é que colhera suavemente as rédeas, diante de um montículo, de uma pequenina, humílima[58] elevação que, embora coberta de capim, indicava que ali a terra havia sido antes revolvida e amontoada. Amontoada sobre Mansinho. Não havia dúvida, pois lá perto ainda estava o cupim. Desmontou, agradecendo a bondade de Deus que o orientara depois de tê-lo castigado durante tantas horas. E esteve ali por alguns minutos, fiel à vontade divina, sem ter pensamento de envilecer[59] uma oração para com a memória do irracional, mas se lembrando de Mansinho, de sua resignação, de seus olhos compassivos...

Antes de montar de novo, teve o gesto que já se lhe tornara habitual: – verificou se o Breviário estava no bolso da batina. Não o encontrou: na sua confusão estranha, tinha-o enviado na mala, com os paramentos... Estrelado já andara demais, durante horas seguidas, e cansado assim empacaria, não podia deixar de fazê-lo. E ele sem um livro para abrir... Um novo castigo para suas fraquezas irremediáveis! Montou e apesar de toda a sua inquietação, disse docemente:

esgarçar[57]: desfazer

humílimo[58]: muito humilde

envilecer[59]: desonrar

– Vamos, meu amigo.

A alimária começou a caminhar obedientemente na direção da porteira que já se podia ver na névoa esgarçada. A alma de Padre Manuel Carlos exultou de alegria, mas ainda inquieto consultou o relógio: seis horas! A gloriosa Sant'Ana não ficaria sem a sua festa... Atreveu-se a animar com um toque de rédeas o andar do burro, enquanto se curvava um pouco para a frente e batia-lhe com a mão na tábua do pescoço, repetindo:

– Meu amigo.

Estrelado nunca mais empacou.

Ordem Final

A visita daquele primo, solteirão solitário e sempre arredio, causou espécie a dona Carlota, naquela perplexidade que se seguiu à missa do sétimo dia.

– Morreu, então, o xará? disse ele sentando-se.

– Morreu, sim, respondeu ela com simplicidade. Não teve jeito não.

Joaquim – ela sabia que, na intimidade da família, se referiam a ele como o Joaquinzinho, em razão da sua estatura – enxugou o suor da calva, reparando sem qualquer discrição na mobília desmantelada, na sala pequena, nos dois meninos sujos que se agarravam à saia de dona Carlota olhando curiosamente para o desconhecido (estavam sujos e desarranjados, sim, e ela tinha vergonha disso, atrapalhada pela visita, que não podia prever, muito menos na hora em que estava preparando o jantar).

– Sabe – retornou ele, com esforço, – sabe que fomos muito amigos? Antigamente, antes do casamento. Como irmãos.

– Ele me falou uma vez, murmurou dona Carlota mentindo. Por que não veio ao enterro? Devia ter gostado...

– Quem?

– Eu – murmurou ela estremecendo, assustada com a alusão insensata ao morto, consequência daquela confusão de espírito em que se encontrava depois dos dias incertos passados, antes dos dias incertos futuros.

– Sabe que estou aposentado, com bons vencimentos?

– Sei sim. Me falou uma vez, durante a doença (e era verdade).

— Sim, eu poderia ter sido útil, de algum modo. Ajudar... Mas não sabia de nada. Casou, afastou-se, nos perdemos de vista. E com franqueza, me acostumei a viver sozinho, de tal maneira que... Porque não é vantagem, sabe? Fica-se pensando muito, em coisas sem importância. Vejo que não está certo, nem sozinho, nem... Mas pensava no Joaquim casado, mulher, filhos, como um homem feliz. E me lembrava dele como um irmão que tomou um rumo contrário, para acertar na vida, ideias contrárias... Um xará com quem por muito tempo confundi a minha vida, com as mesmas ideias a respeito, juntos até mais ou menos no meio da existência, sabe? Como um outro eu, sabe? Um outro eu que tinha seguido um caminho mais certo, que tendo família tinha a sua felicidade, sabe? E longe do meu pensamento que pudesse estar precisando de mim.

Calou-se de novo e tinha as mãos magras e trêmulas. Magras sempre. Trêmulas do momento confuso. Dona Carlota, porém, tomava aquelas palavras como simples conversa de visita de pêsames e, na verdade, não lhes prestava muita atenção.

— Pois bem, disse ele animando-se de súbito. Vamos pôr os pontos nos is. Quanto é que vai ficar recebendo?

Dona Carlota declinou[1] a modesta quantia da pensão que lhe deixara o marido.

— Cinco filhos?

— Cinco filhos.

— Não chega não.

Uma nova pausa, durante a qual a viúva teve vontade de chorar. Impiedosa, aquela franqueza.

— Eu sei que não chega não, seu Joaquim. Mas que é que vou fazer?

— Para isso é que vim. Não sou rico, mas enquanto viver tenho bons vencimentos, muito grandes para uma pessoa só...

declinar[1]: declarar

(Estacou[2] novamente, por uns minutos.) Moro numa casa enorme, que foi do meu pai, isto é, do seu tio afim... Quer?

Dona Carlota sobressaltou-se, sem compreender coisa alguma, de tal sorte que se levantou da cadeira sem o querer. Ou talvez receio de compreender alguma coisa que a ofendesse ou ofendesse a ele.

– Sim, disse o visitante com terrível percuciência[3]. Sou solteiro e sozinho, mas velho, mais do que velho, acabado. Tenho uma criada velha. E a senhora já não tem nada de moça, ou melhor, está também acabada, com essa vida de... dificuldades. Por que é que se assustou, prima? Sozinha ainda vai ser pior agora... Irá pra lá, com os meninos, e ajudarei nas despesas. Vim pra lhe dizer isto.

Ela se sentara outra vez e meditava retransida[4]. Os três meninos maiores, que brincavam na rua, entraram reclamando o jantar. Joaquim se levantou, como se os petizes[5] o expulsassem dali.

– Tem tempo pra resolver. É uma coisa que pensei em fazer... pelo xará. Mande me dizer. Boa tarde.

Três dias depois, após meditar muito, dona Carlota estava instalada, com os cinco filhos, na casa tradicional da rua Coronel Pantaleão. Doía-lhe cair sob a proteção daquele desconhecido que jamais se importara com o seu esposo doente. Afinal de contas, ele se desculpara mais ou menos, um outro eu, etc., coisa que não entendera bem mas que eram desculpas para o seu pouco-caso. Já ouvira o marido falar naquela casa, que era a mais importante do pessoal da família dele, embora nem tão importante assim, acachapada[6] no alinhamento da rua. Nem mesmo grande como costumavam ser as moradas antigas. E suja, e abandonada. Cabia todos, o que era verdadeiramente importante. Assim como as paredes precisavam de pintura, o chão precisava de ser varrido direito, e lavado. Nessa parte, que lhe era possível, dona Carlota ocupou o seu primeiro dia.

estacar[2]: parar de repente
percuciência[3]: astúcia
retransido[4]: encolhido
petiz[5]: criança
acachapado[6]: ocultado

– Pra que isso, prima? Você fraca dessa maneira! exclamou Joaquinzinho chegando da rua. Prima, vem cá.

E levou-a até à entrada dos dois cômodos que ocupava, o escritório, dizia ele, com a velha mesa, cheia de papeis, uma estante com livros velhos, jornais espalhados pelo chão, e o quarto de dormir, com uma cama e um guarda-roupa antigos, este inútil, já que os ternos estavam sobre os encostos e a roupa branca sobre os assentos das cadeiras antigas, em número de quatro ou cinco.

– Aqui você não mexe, sabe? Isméria é que sabe arrumar os meus aposentos. E veja se os meninos podem fazer menos barulho. Porque – concluiu, abrandando-se, – solteirão não está acostumado com meninos, sabe?

Os filhos, no momento, faziam alarido[7] no quintal, tão longe – pensou ela, ressentida. Só notou que faziam alarido, por causa da observação do dono da casa que, em lugar de se recolher aos aposentos, como ele dizia, continuou por ali, indo e vindo em redor dela enquanto passava o escovão sobre o chão ensaboado.

– O senhor vai molhar os pés, seu Joaquim.

– Não me chame de senhor, prima, que estou lhe chamando de você, murmurou ele com uma voz velada, a que o senso feminino emprestou intenções indefinidas, naquela insistência em permanecer por ali.

Dona Carlota seria incapaz de supor qualquer coisa de menos recomendável, mas aquilo a atrapalhava e até a perturbava; e ainda mais quando o velho falou baixinho:

– Carlota.

– O que, seu Joaquim?

– É que... olhe aqui... Para as despesas do mês.

O esquisitão lhe estendeu o dinheiro sem olhar para ela. E lhe pareceu até, na sala meio sombria, que ele corava um pouco, longes[8] de cor na pele ressequida, entre os pelos

alarido[7]: gritaria
longes[8]: vestígios

da barba por fazer, ofegando discretamente de comoção e retirando-se logo na direção do quarto. Dona Carlota, depois de se comover também, sorriu de coração aberto, maternalmente, ao observar aquele menino tão velho...

E a vida foi prosseguindo, não sem alguns incidentes, relativos à delimitação[9] de competência[10] na administração caseira, entre ela e a preta Isméria, que a recebera de má vontade. Dona Carlota, ensinada pela vida, foi cedendo terreno enquanto podia ceder, deixando a cozinha por conta da criada velha, restringindo a sua atividade às salas e aos dois quartos que ocupava com os meninos, de tal sorte que as concessões abrandaram a preta. Havia um aspecto que se poderia chamar de evasão[11] clandestina das rendas do solteirão, – visitas que Isméria recebia na cozinha e que dali se afastavam pelo oitão[12] conduzindo embrulhos visivelmente suspeitos. Mas o próprio Joaquinzinho aconselhou a prima a não intervir no caso: eram pessoas necessitadas, famílias amigas da governanta, a que esta socorria com mantimentos e pequenos presentes. Com a sua experiência de bairro pobre, dona Carlota se revoltava contra o desfile de negras rechonchudas que deviam viver à custa do aposentado, por intermédio daquela tradição ismeriana; mas se conformava com a situação, com a sabedoria do infortúnio, embora ficasse a seu cargo fazer o sortimento da despensa e fornecer quantias à preta para o mercado.

Dificuldades maiores, entretanto, foram criadas pelos filhos. Menino é menino e quer brincar, saltar, gritar, chorar até às vezes. Era a natureza que lhes ordenava a agitação. A própria mãe sempre tivera prazer em vê-los alegres, desde que não fizessem diabruras. E o marido fora uma criança grande, antes da doença, a brincar com os rebentos... Porém agora caíra sobre eles a disciplina do silêncio. Daquelas vagas recomendações a respeito de barulho, que solteirão não está acostumado com meninos, Joaquinzinho passara de repente

delimitação[9]: definição
competência[10]: incumbência
evasão[11]: fuga
oitão[12]: parede lateral da casa

a ordens peremptórias[13]. Dona Carlota se sentia feliz quando os três mais velhos iam para a escola e ela podia, no quarto ou no terreiro, controlar os dois outros, com histórias à meia voz ou brincadeiras discretíssimas. O protetor era preguiçoso, ou doente, ou preguiçoso e doente, e vivia quase sempre no quarto ou no escritório, em misteriosa ocupação. Aliás, ela não lhe imaginava nenhuma ocupação, senão a indolência[14] de quem ganha dinheiro sem fazer coisa alguma. Joaquinzinho só se levantava depois das oito horas; esse repouso matutino era uma tragédia para a viúva, forçada a coibir[15] a atividade das crianças justamente quando, depois de bem dormidas, aqueles corpozinhos queridos mais pediam liberdade e alarido.

– Calem a boca! Fiquem quietos! berrava ele do quarto, com uma voz que assim nem parecia da sua pequena pessoa.

E ainda o parecia menos porque, singularidade de tímido e solitário, era incapaz de levantar a voz na presença de dona Carlota. Isso, apesar de tudo, a fazia sorrir. Mas, através das paredes e das portas fechadas, que voz e que caráter! Somente às vezes, frente a frente, uma observação suavizada a propósito do seu desacostume com criança, do seu amor ao silêncio, quase sempre suasoriamente[16]:

– Tenha paciência, prima. Estou muito velho para mudar de sistema. Mão neles!

Era isto mesmo: sistemático[17]... Ela não podia nem devia se revoltar contra o benfeitor, tão esquisitamente bondoso, insusceptível[18] de modificação depois de ter vivido tantos anos só, tão coitadamente sozinho.

– Que é que ele faz no quarto? perguntou um dia à preta, cedendo por acaso à feminina curiosidade.

– Sei lá, respondeu Isméria de má vontade. Quando não está doente, fica lendo uns livros, uns jornais, escrevendo nuns papeis.

– Ele é doente?

peremptório[13]: terminante
indolência[14]: preguiça, apatia
coibir[15]: proibir
suasoriamente[16]: de forma convincente
sistemático[17]: metódico, esquisito
insusceptível[18]: incapaz

– Sei lá! – e a criada fechou assim rispidamente o diálogo.

Dona Carlota, que raramente lhe dirigia perguntas, olhou-a com um desprezo frio e discreto; mas intimamente, reagindo à altura, foi às últimas deduções. Sim, havia algo de misterioso, de comprometedor, nas relações entre o parente e aquela africana mandona, a quem Joaquinzinho chamara de criada velha, mas que nem velha mesmo era... Que fosse negra, isso não tinha importância, pois sabia que muitos homens até gostavam da cor. O parente não parecia ter amante por fora, onde, aliás, se demorava pouco. E, ali dentro, aquela mulher pondo e dispondo, a começar pelo tratamento que dava a ele, de Joaquim, sem qualquer senhoria... Por duas ou três noites, apesar de dormir sempre cansada da lida com as crianças – da luta para mantê-las sossegadas, – cuidara ouvir no corredor passos rebolantes que saíam dos aposentos de Joaquinzinho para o quarto que dava para a cozinha. Porém só conseguia despertar mesmo, depois que os passos já teriam passado e havia apenas, aqui e ali, inconfundível, o deslizar das baratas e dos ratos.

De uma feita chegara a abrir a sua porta para o corredor e sondar inutilmente a sombra noturna – nem luz, nem movimentos; – e cuidara sentir no ar abafado, sempre na dúvida, uns longes de bodum[19] misturado com cheiro de malva, que a africana tomava banhos em infusão de malva, planta de que possuía um canteiro muito tratado ao lado da porta da sua cozinha... Isméria, cada vez mais importante, abusando da sua passividade, agora até já procurava mandar nos seus filhos, repetindo a ordem do solteirão para que ficassem quietos, para que calassem a boca!

Era esse o máximo problema da sua vida, a que se associara a preta... Fora do canteiro de malva, todo o quintal estava abandonado, um matagal propício, onde os filhos podiam brincar de *far-west* e de índios. Mas apenas quando

bodum[19]: fedor, odor de transpiração

Joaquinzinho não estava em casa. Os aposentos dele tinham janelas para os fundos, naturalmente pelo cuidado de ficar longe dos ruídos incontroláveis da rua. Quando os coitadinhos começavam a disparar tiros com a boca, gritando – Câmône, bói! (ela não sabia o que era aquilo, mas lá no seu bairro os moleques explicavam que era das fitas do *far-west*, na hora em que o artista fazia o bandido levantar mãos ao alto...), nessa hora vinha lá de dentro a voz do dono da casa:

– Bico, meninos! Caluda, meninos!

Aquela voz de estatura elevada... E Isméria na cozinha:

– Bico, meninos! Caluda, meninos!

O que dava maior trabalho era o mais pequeno, que nascera doentinho e a quem a doença do marido nunca permitira que ela lhe dedicasse todos os cuidados de criação. Constantemente irritado, chorava muito, e dona Carlota o ninava, o ninava com desespero e angústia, até que reboasse[20] a ordem vinda do quarto, ou que ela fugisse com ele para o fundo do quintal. Como o petiz já tivesse dois anos, não hesitou em lhe infundir[21] receio, quase pavor, ao eco misterioso comandando silêncio, tanto mais misterioso quanto, na presença deles, o primo usava apenas aquele tom discreto e cansado, de solitário pouco afeito a falar. Com os maiores, se ainda teimava em molecar dentro da casa ou nos fundos, ela lhes dizia possessa:

–Vocês vão ver quando ele sair... A coça[22]!

Porém quando ele saía, sempre depois do almoço, já se tinha esquecido do castigo prometido. Havia um argumento supremo, que usava para o primogênito e a menina, de dez e oito anos:

– Meu Deus, que é que custa ficar quieto? Sem ele, que seria de nós? Que é que há-de ser de nós, se nos mandar embora?

reboar[20]: ecoar
infundir[21]: inspirar
coça[22]: surra

Ela mesma não gostava de falar assim, e raramente o fazia. Os argumentos, as ordens, as ameaças concorriam para que todo o bando não tolerasse a presença do protetor, o que a contrariava sem o poder remediar. Demonstração de que aquilo não era maldade, estava no sorriso desajeitado que Joaquinzinho dirigia aos seus pequenos hóspedes quando os via reunidos. Mas os ingratos iam saindo abertamente, se ele parava um momento a trocar algumas palavras com a mãe. Ficara combinado, na organização caseira, que dona Carlota lhes servisse as refeições antes, e depois se sentasse à mesa com hospedeiro, servidos pela preta. Entre os dois, eram refeições mais ou menos silenciosas, e nesses momentos instalava-se livremente o *far-west* no quintal, sem que o solteirão protestasse. Mesmo porque, só se ela desistisse de lhe fazer companhia. Durante um jantar, Joaquinzinho lhe dissera de súbito:

– Compreende, prima? Sei que menino precisa de agitação. Me desacostumei de meninos, mas também já fui menino. Mas é que...

E não disse mais nada, coitado! O primo talvez sofresse com a atitude dos priminhos, com aquele receio que não escondiam, à sua presença, tão bom coração! Devia sofrer, pois que certo dia o mais pequeno começou a berrar na sala lancinantemente[23]; ela viera correndo do quarto, para presenciar o protetor a querer abraçá-lo, e o menino a espernear assustadíssimo.

– O menino assustou à toa, disse desapontado, sem olhar para ela.

– Sim, assustou à toa, repetiu dona Carlota, com aquele jeito vazio de eco que lhe acontecia a uma comoção, a uma perturbação do espírito.

O caçula tinha apelido de Quinzinho. Era o que tinha o nome do pai – e do primo, coitado! Livre dos seus braços,

lancinantemente[23]: de forma aflita, dolorosa

a criança mergulhou soluçando, pálida e trêmula, no colo materno. Que piedade daquele homem que talvez pela primeira vez tentara tomar uma criança nos seus braços.

— Sim, prima, lançou ele percebendo nitidamente isso. Eles têm medo de mim e talvez com razão. Compreende? Sou um aposentado mas não um inútil. Aproveito o lazer para uns estudos históricos que talvez publique um dia, se tiver vida para isso. Infelizmente preciso de silêncio, senão tudo se baralha[24] na cabeça. Infelizmente, compreende? O passado é confuso e mentiroso. Como se poderá descobrir a verdade, quando até os livros e os documentos se contradizem, com os seus filhos gritando ou chorando?

— Seu Joaquim, eu sei que não é por mal, ciciou[25] ela mais confusa do que o passado. Esses meninos é que são uns ingratos.

— Outro engano. São apenas meninos, protestou Joaquinzinho ofegando discretamente, como se o comovesse aquela demonstração de bondade e gratidão.

Dona Carlota já se sentia muito só, naquela morada verdadeiramente ilhada no meio da cidade, no meio do mundo. Lá no seu bairro pobre, eram constantes as visitas, as conversas de janela para janela, o comércio de alegrias e tristezas. Mas esperou, por muitos meses, que fosse visitada pela vizinhança, como nova moradora. Como ninguém aparecesse, resolveu ela mesma procurar os vizinhos, quase todos funcionários públicos de família numerosa, gente boa, acolhedora. Não pagaram as visitas. Continuou a frequentá-las, atribuindo essa desatenção ao respeito distante que o ermitão devia provocar também nas criaturas grandes. E tinha que ser assim, porque encontrara no contacto com as outras donas de casa a solução parcial para o problema dos rebentos: levava-os consigo e só tinha pressa de voltar à casa quando sabia que o primo não estava lá.

baralhar[24]: misturar
ciciar[25]: sussurrar

— Prima, disse um dia Joaquinzinho, no jantar, de súbito. Sabe? Napoleão, César, Ciro, Péricles, Aníbal, o Kaiser, Fernão de Magalhães, Buda, Confúcio, São Francisco de Assis, Spinoza, sabe? E também muitos outros?

E parou ofegando discretamente, enquanto dona Carlota era toda ouvidos e olhos, diante daquela série de nomes estranhos que vinham de envolta com São Francisco de Assis.

— São Francisco de Assis, sim, disse ela, para responder alguma coisa. Tem me valido muito, seu Joaquim. Tenho uma imagem dele no quarto, que Joaquim me deu de presente, quando fiz trinta anos...

— Mas não é propriamente isso, Carlota. Meus estudos históricos! Todos foram homens de baixa estatura, muito abaixo da normal. E dominaram, a terra ou o céu, mas DOMINARAM!

E o solteirão levantou o punho sobre a mesa, e desceu o punho sobre a mesa num murro tremendo, depois de gritar aquele "dominaram". Dona Carlota não teve tempo de se assustar com o gesto, pois percebeu que aquele esforço fora demasiado e que o primo se encostava na cadeira, em delíquio[26], lívido[27] e ofegante. Assustou-se, antes, com aquele marasmo[28] súbito e ia gritar Isméria, quando, dominando-se, o comensal[29] recobrou rapidamente o domínio do assunto.

— Não acha, prima? disse com naturalidade, como se nada tivesse acontecido e como se terminasse uma longa exposição do tema. Tenho estudado muito os dados históricos, até documentos. Sabe que Tiradentes também não era alto?

— Acho, primo, que devia ir num médico. Acho que está estudando demais, retrucou ela timidamente, olhando para as suas mãos trêmulas que agora lhe pareciam um pouco inchadas.

— Que vale a vida, sem arrojo[30], sem heroísmo, sem perigo?

delíquio[26]: desmaio
lívido[27]: pálido
marasmo[28]: fraqueza
comensal[29]: aquele que come
arrojo[30]: ousadia

– Pode não valer nada, seu Joaquim, mas a gente tem obrigação de viver. Deus é que quer!

– Ah! também o seu Jesus Cristo era de pequena estatura, um homem baixo, sabe?

– Não parece, reagiu dona Carlota, sempre timidamente.

– Essas estampas, essas imagens que vê, são mentirosas. Há apenas um ícone[31] de meio corpo, encontrado nas catacumbas, que dizem legítimo. Aqui, a tradição é valiosa: o pequeno profeta da Galileia aparece sempre menor do que os apóstolos, os soldados romanos, a turba[32]. Depois, sabe? Não "podia" ser um homem alto.

Ergueu o punho, mas não o desceu de novo violentamente. E atalhou suasório:

– Para a sua Fé, pode não ser assim. Será que estou lhe amolando, prima?

– Que ideia, seu Joaquim!

O ermitão sorriu agradecido:

– O homem pré-histórico, Carlota, ao contrário do que os ignaros[33] supõem, não era um gigante, mas um pigmeu. Seria, segundo a crença, aquele homem legítimo que Deus fabricou à sua imagem e semelhança, para o pecado original, para ganhar o pão com o suor do seu rosto. A humanidade tem crescido em estatura individual, mas o gigantismo é um sinal de decadência. Os homens cíclicos continuam pequenos. Será a vontade de Deus, sabe? Porque também creio que haja um Deus, um princípio eterno, que está no limite entre o que se sabe – como funciona o corpo humano, por exemplo, – e o que não se pode saber – por que funciona o corpo, compreende?

– Porque Deus quer.

– Justamente! Mas não é isso que estou estudando, Carlota: é a estatura dos grandes homens, dos dominadores. Mas não acredite que seja por vaidade, não! Porque há homens pequenos que não valem nada, compreende?

ícone[31]: imagem religiosa
turba[32]: multidão
ignaro[33]: ignorante

E o primo riu de bom grado, gostosamente, como a viúva jamais o vira rir.

Assim viveram mais ou menos, por mais de dois anos. Dona Carlota engordara naquela tranquilidade financeira, embora sempre atenta em coibir a agitação dos filhos. Atingira-se um *modus vivendi*[34], pouco a pouco. Todos já se haviam acostumado a falar em voz baixa, como na igreja, dentro de casa, quando o benfeitor estava no quarto ou no escritório. Havia ainda o interregno[35] da frequência à escola, as visitas e a rua. Ela sabia de muitos casos de atropelamentos, mas entregava os meninos à proteção de Deus e lhes permitia ir brincar com os outros na rua, nas esquinas. Que é que podia fazer? Joaquinzinho exigia silêncio para as suas pesquisas que deviam estar bem adiantadas, a sua coleção de dominadores de baixa estatura.

— Kant também, Carlota! Emanuel Kant também! — exclamara certa vez na hora do jantar, sempre trêmulo e um pouco ofegante, sempre mais trêmulo e ofegante, como ameaçado de um delíquio, a cada revelação que fazia à prima, a única ouvinte possível, a não ser que tivesse companheiros de rua para conversar sobre os seus estudos. Kant, um homem de estatura abaixo da mediana!

— Sim, seu Joaquim. Mas não seria melhor tratar da saúde, consultar?

— Que vale a vida sem arrojo, sem heroísmo, sem perigo?

— Pode não valer, mas...

E parava nessa reticência, sempre tímida e irresoluta[36] diante do tom peremptório que o primo adquiria nessas horas. Aliás, invariavelmente tímida ante ele, sempre o tratando de seu Joaquim, com o que o ermitão se acostumara logo. Impossibilidade de uma aproximação dos espíritos, barreira que nenhum dos dois sabia vencer, talvez por causa dos

modus vivendi[34]: *(latim)* modo de convivência
interregno[35]: intervalo
irresoluto[36]: indeciso

meninos que se interpunham e a quem era preciso transmitir constantemente um certo receio de castigo, uma noção errada sobre aquele homem que devia guardar no fundo ternuras nunca jamais utilizadas, – dona Carlota o sentia com dó, quase às vezes com lágrimas...

Muitas outras revelações históricas vieram, durante as refeições. Nomes complicados, que a viúva seria incapaz de guardar na memória. Que lhe importavam? O tempo ia passando, havia tranquilidade, e muito mais importante era cuidar dos meninos, sobretudo ter mão neles, para impedir qualquer súbita algazarra num momento de distração e evitar a voz que vinha do quarto, misteriosamente, como se viesse diretamente do passado:

– Caluda, meninos!

Porque, a despeito de todo o seu cuidado, lá de vez em quando a necessidade vital de agitação vencia a disciplina do silêncio. E que irritação ganhava a viúva quando Isméria repetia na cozinha:

– Caluda, meninos!

Não conseguira desfazer nem confirmar as suas cismas a respeito das relações entre a preta e o parente. Por outro lado, entre ambas não havia variado o *status quo*[37]. Na realidade tinha-se dado apenas, modificação da natureza, o crescimento dos seus filhos.

Certa manhã inesquecível, desde às seis horas, como sempre, os meninos estavam despertos para as aulas, os dois filhos e as duas filhas; e ainda o menor. Como sempre, a mãe foi à cozinha quentar o leite e fazer o café, pois Isméria só se movia do quarto depois das oito, ao aproximar-se a hora do seu patrão se levantar. Com a mansidão de movimentos a que se acostumara, pôs a toalha e arrumou as xícaras na mesa. Depois, chamou os meninos, que vieram devagar, silenciosamente, e se sentaram. Tudo aquilo se fazia todo dia, mas

status quo[37]: (*latim*) o estado em que se achava anteriormente certa questão

nunca ela esqueceria aquele dia. Foi quando o camundongo saltou de dentro da cesta de pães e fugiu pela toalha, entre as duas filas de xícaras. Um susto de movimentos e gritinhos comedidos.

– Ssiu! ordenou a mãe com um olhar de fúria, com os ouvidos para os aposentos, os olhos para os aposentos, como a aumentarem a função dos ouvidos.

E os cinco estenderam também o ouvido e a vista para o corredor. Mas de lá não veio nenhum grito de protesto ou de comando. Dona Carlota deu um suspiro de alívio. Uma troca de sorrisos de cumplicidade, de conivência vitoriosa, entre todos. Dera-se, entretanto, como em outras oportunidades, um choque inicial contra a disciplina – e agora sem a mínima consequência... Ameaça de ruptura[38] de uma válvula fechando a quíntupla necessidade de começar com infância cada dia de vida. Mesmo àquela hora, era tão inusitada a ausência da voz dominadora das vozes! Qualquer coisa como a alegria que transmite ao prisioneiro a possibilidade de liberdade, revelada por uma circunstância indubitavelmente constatada. Necessidade de rir! Dona Carlota observava a turminha com inquietude, aqueles sorrisos que persistiam, que aumentaram, que aqui e ali já se transformavam num frouxo de riso contagioso.

– Sssiu! Jacinto, você apanha! murmurou ela irritadamente. Natal, olha um beliscão... Quinzinho!

Mas a sua voz, com toda a força que dera à advertência murmurada, não pôde evitar o irremediável. Repentinamente explodiram as gargalhadas das cinco bocas, as gargalhadas que brilhavam nos dez olhos incendidos[39] pela alegria de viver... Para cessarem com o mesmo repente, cortadas cerce[40] por um súbito receio. Novo sexteto de ouvidos e vistas distendidos para os aposentos. Dona Carlota estava furiosa:

– Agora mesmo eu tiro as xícaras e vocês vão em jejum!

ruptura[38]: rompimento
incendido[39]: ardente, vivo
cerce[40]: rente, radical

As bocas bebiam, mastigavam, urgentemente, como se a todos acudisse a necessidade de ganhar a rua para rir no espaço livre e claro, ao ar e à luz. Porém todas as atenções continuavam voltadas para a direção de onde costumava vir, de onde vinha sempre, a voz de comando... E de lá, naquela manhã, nada vinha, e com o nada, através do nada, a inédita permissão para que rissem de novo... Parecia impossível que nada viesse! A mãe os observa outra vez com inquietude, sentindo que percebiam essa permissão desusada[41], pois que ela própria a percebia como um sinal insensato, absurdo mas real, de libertação. Um frouxo de riso partiu de Quinzinho e se propagou incoercível[42]. A nova risada geral espocou[43]. Dona Carlota não resistiu à permissão ou ao que quer que fosse e riu também, riu muito de vê-lo rir livremente assim dentro de casa, aquelas carinhas frescas da noite bem dormida, tão sadios todos, até o menor que estava são de todas as doenças e ria mais do que os outros, graças a...

A esse pensamento o seu riso de encanto materno foi cortado cerce. A contração dos músculos do rosto, que lhe servia para a risada, facilitou o surto[44] subitâneo[45] do pranto no mesmo rosto. Os meninos, porém, diante da conivência materna que os libertara de qualquer peia[46] e que se revelava agora num contraste inconcebível, receberam apenas a carga humorística excessiva que brotava da profunda mudança de atitudes da viúva. E riram ainda mais. E gargalharam com plena satisfação infantil. E só cessaram de rir quando ouviram a mãe dizer desamparadamente:

– Meu Deus, agora que é que vai ser de nós sem ele?

Joaquim Pantaleão de Carvalho foi enterrado na tarde do mesmo dia.

desusado[41]: fora do comum
incoercível[42]: que não se pode conter
espoucar[43]: estourar
surto[44]: acesso
subitâneo[45]: repentino
peia[46]: impedimento, prisão

O Guarda-freios

Ao embarcar pelas 7 horas da manhã em Dores do Indaiá, o guarda-freios[1] logo despertou minha curiosidade, na plataforma da estação. Com o uniforme de ferroviário da R.M.V., lépido[2] e desenvolto[3], logo se via que era o guarda--freios. Do trem que acabara de chegar. São indivíduos necessariamente magros e ágeis, para o ofício de saltar várias vezes de um carro para outro, de andar por cima dos vagões. O da estação de Dores estava conversando com a mocinha morena que só sabia rir, bons dentes! enquanto ele falava com os olhos fixos na sua boca. Fixos não nos olhos dela, como exige o namoro comum: na boca risonha, grande, úmida. Não havia uma conversa contínua entre os dois, pois estavam carregando e descarregando encomendas e bagagens, inclusive minhas grandes malas de amostras, e o rapaz se dividia entre o serviço e o amor.

O trem sertanejo viera do fim da linha, cortando o matinho rasteiro dos descampados, e a moça de vestido de seda vegetal e tamancos bordados, com a sua melhor indumentária[4] – logo se via, já o estava esperando na estação. Não ao trem, mas ao guarda-freios que descera lépido para ela, e um abraço, e perguntas, e sorrisos. Ela não parava de sorrir enquanto ele transitava se fingindo importantemente azafamado[5], entre os volumes que iam enchendo o carro de bagagens e as doçuras que vinha falar a ela, parado de instante a instante, momentos inesquecíveis, como o demonstrava o riso de bons dentes.

A máquina apitou, outro abraço, parece até que ela esperava um beijo, de tanto oferecer no riso aquela boca

guarda-freios[1]: empregado que vigia e manobra os freios dos trens
lépido[2]: alegre, ágil
desenvolto[3]: desembaraçado
indumentária[4]: roupa
azafamado[5]: muito atarefado

úmida... Ficou na plataforma agitando o lenço costumeiro, lenço branco de paz, parecendo um passarinho que queria voar na manhã sertaneja, parecendo um coração que palpitava desordenadamente; coração branco, me desculpem, mas é o amor...

As viagens de um viajante comercial não comportam bota-foras, despedidas, adeuses, salvo de um ou outro freguês que está atrasado com a Casa e quer nos agradar. Por isto mesmo, pela razão da nenhuma poesia ou sentimentalidade das minhas viagens, chego quase a ficar poeta, ao lembrar um lenço palpitando na plataforma, como um coração que quer voar, para o guarda-freios... Quando eu era moço na profissão, embora não muito atreito[6] a artes de Cupido, ainda acontecia um lenço feminino às vezes se agitar por mim numa estação qualquer. Mas agora quase que vivo de observações e recordações.

Saímos de Dores e o guarda-freios, postado[7] entre os dois únicos carros de passageiros, depois de soltar os freios permanecia com os cotovelos sobre a roda, mas apenas ornamentalmente, pois o trem estava se esforçando para ganhar velocidade. Notei que logo à saída o rapaz se desinteressara do lenço e do coração que lhe pertenciam, desviando os olhos pro chão que corria debaixo de séus pés. E agora estava debruçado, derreado[8] sobre a roda, de olhos baixos, indiferentes. Como não tinha com quem conversar, nem jornais novos para ler, pois só ia no carro um padre de batina cinzenta e viajante não gosta de batina de qualquer cor, – fiquei olhando pelo vidro da porta o rapaz, de uns 25 anos talvez, mulato ou moreno, produto de muitos sangues quentes. De repente, sorriu de leve, fugitivamente, sorriso que seria uma conclusão de considerações íntimas especializadas em morenas; sacudiu os ombros – que me importa! –; saiu do lugar e atravessou o meu carro gingando. Nem todos os seus gestos denunciavam o que lhe ia lá dentro, nem me pareceram froideanamente[9]

atreito[6]: acostumado
postado[7]: posicionado
derreado[8]: inclinado
froideanamente[9]: à maneira de Freud, o pai da psicanálise

analisáveis, que já li um pouco do Freud... mas era certo que os seus pensamentos se prendiam a amores, de um modo particular e pessoal.

Foi quando ele passou por mim equilibrando na velocidade o corpo magro, forte, seco, ágil, que eu comecei a desconfiar da importância daquele tipo. Ou melhor, da sua importância como tipo, que entraria desde logo pra minha coleção de lembranças de viagem, no arquivo de memória somente. Porque eu viajo por obrigação, como meio de vida, mas gosto de fazer umas observaçõezinhas sobre pessoas e paisagens.

O guarda-freios me impressionou como tipo. É preciso que explique. Indivíduo de meia altura, de estatura mais ou menos igual à minha, fino de corpo, mas visivelmente bem disposto, e sobretudo moço. Sua roupa não apresentava nenhum cuidado especial, uniforme azul desbotado e velho, largo e deselegante; um boné gasto e ensebado posto meio de banda sobre o cabelo crespo, não muito crespo; mas não exageradamente de banda à moda capadócia[10]. Uma certa distinção no indistinto, compreendem? O rapaz não dava nenhuma atenção a detalhes do vestir e isso não desmerecia a sua condição de galã ferroviário e sertanejo. Tinha a barba por fazer, de uns três dias; mas também isso não o desvalorizava, antes pelo contrário. As gerações antigas eram mais sexuais, mais mulherengamente diretas, menos complexas no amor, pelo prestígio que davam aos pelos. Deus fez o homem peludo e raspá-los é ir contra a lei divina da multiplicação dos homens... Aqueles formidáveis bigodões antigos, aquelas barbas solenes, responsáveis por muitas séries de filhos naturais! O amor escanhoado[11] é doentio, dessorado[12], pervertido, falsificado, etc. É certo que ando cuidadosamente escanhoado; porém, além de não estar em causa o meu aspecto exterior, um viajante comercial barbado talvez não arranje fregueses para a Casa: as barbas hoje costumam provocar o

capadócio[10]: da Capadócia (província da Ásia Menor)
escanhoado[11]: bem barbeado
dessorado[12]: enfraquecido

ridículo, desde que o cinema americano começou a explorá-las como um elemento cômico por excelência. Mundo decadente de homens que tiram diariamente da cara as insígnias[13] pilosas[14] dos atributos masculinos! Insígnias antigas da reprodução da espécie, tanto que para marcar o seu celibato[15] os padres começaram a fazer a barba. Hoje tudo está mudado. Mas... o guarda-freios é que importa: quero lhes falar somente a seu respeito. O guarda-freios não tinha barbas grandes porque o uso não permite, e era moço, nascido já num mundo escanhoado. Mas teria, logo o percebi, uma justificada prevenção contra o barbear-se muito a miúdo[16].

Como pormenor pessoal e importante, um lenço de seda creme enrolado no pescoço e com as pontas enfiadas numa aliança de ouro, no lugar da gravata. As pontas voavam dentro do vento e do pó... Um tipo! O lenço talvez não estivesse com a cor intacta, mas a região é quente e há suor entre nuvens de poeira. A aliança, sim, pareceu-me de ouro legítimo, e devia sê-lo, para definir o tipo, a sinceridade dos seus momentos gloriosos e efêmeros[17], pelo menos efêmeros, ou simplesmente poéticos dentro do que eu presenciei naquela famosa viagem.

• • •

Ele tinha voltado para o posto entre os carros, em minha frente, à minha vista através do vidro da porta. Na verdade já quase que me esquecera dele e começava a cochilar quando vozes femininas à beira da linha me fizeram olhar pra fora. Junto das três casas pequenas de uma turma de conserva[18] da linha da Oeste, duas moças, ou duas mulheres moças, falavam alto, quase gritavam, ao mesmo tempo que repetiam incessantemente com os braços um cumprimento festivo, tudo para alguém que ia conosco: – o guarda-freios! E o guarda-freios lhes correspondia risonho, agitando o braço direito,

insígnia[13]: sinal de distinção, emblema
piloso[14]: que tem pelos
celibato[15]: estado da pessoa que se mantém solteira
a miúdo[16]: com frequência
efêmero[17]: passageiro
turma de conserva[18]: empregados que, nas estradas de ferro, mantêm a linha em bom estado

vozes e gestos no barulho dos truques. As moças ficaram envolvidas na nuvem de pó levantada pelo comboio[19]. E o rapaz colocou os olhos no chão que corria debaixo dos seus pés, como que se desinteressando delas.

Ah, os olhos tinham importância: verdes. Moreno, mais talvez mulato, de olhos verdes. Já leram Machado de Assis, um escritor brasileiro que andou muito falado nos jornais por causa do centenário do seu nascimento? Esse escritor tem uma personagem do barulho, uma mulher por nome Capitu, que tinha os olhos de ressaca. Pois o guarda-freios era um homem de olhos de ressaca. Ressaca de amar e não de bebida, para atrair e afundar as pequenas daqueles rincões[20]... Não estou exagerando, nem gastando tempo com um sujeito qualquer: o tipo tinha alguma coisa de excepcional, que me metia inveja...

Chegou uma estaçãozinha sem importância e confesso que me decepcionou não ver morena alguma na plataforma à espera do guarda-freios. Nem mesmo depois que o trem parou surgiram mulheres; mas o rapaz, passando junto às janelas do nosso carro, parecia indiferente a essa ausência, começando a conversar sobre coisas vagas com o guarda-chaves[21], até que o comboio, como descobrindo de súbito[22] a inutilidade daquele estacionamento, se pôs novamente em marcha.

Com a continuação da viagem, apontaram numa curva outras três casinholas[23] de uma turma de conserva. Quando a composição passou por elas, o que vi satisfez minha impressão a respeito do rapaz. De uma das janelas humildes, a mocinha adolescente muito penteadinha, de vestido alegre e limpo, clara de tez[24] e de aspecto, positivamente à espera daquele instante... a mocinha ria doidamente para o nosso guarda-freios que ria também, que ria e passava... E quando o nosso carro passou bem em frente dela, vi-a agitar o braço roliço[25] e a mão pequena, no gesto costumeiro de quem promete pancada:

– Ah, diabo!

comboio[19]: conjunto de carros e vagões engatados e movidos por uma locomotiva
rincão[20]: lugar afastado, recanto
guarda-chaves[21]: empregado que vigia e manobra as chaves dos desvios e ramais dos trilhos
de súbito[22]: de repente
casinhola[23]: casa pequena
tez[24]: pele
roliço[25]: arredondado, gordo

Com o melhor semblante[26] deste mundo... A adolescente ficou para trás, entre o pó, os meninos e os cachorros em profusão nesses lugares. Logo depois, eis o ar de desinteresse de olhos baixos, ou de distância, do nosso guarda-freios que tornava a transitar pelo carro!

• • •

Naquela zona do Oeste, o trem costuma demorar mais de uma hora entre duas paradas, tamanhas são as distâncias entre os núcleos de população. Às vezes "acontece" uma estação e a gente nota que só existem no local as casas dos ferroviários necessários ali; é como se estabelecessem uma interrupção arbitrária[27] do percurso, para descansar por uns minutos a locomotiva extenuada[28].

Eu tinha que descer em Bom Despacho. A paisagem de matinho rasteiro, com arbustos retorcidos pelo esforço de arrancar seiva[29] daquele chão difícil, a paisagem sem variação e sem elevações sempre me dava sonolência, principalmente naquela manhã, por causa de um pôquer[30] mal jogado durante a noite. Cochilava. Mas por felicidade só dormi depois de presenciar uma cena que me encheu as medidas.

Vi uma casa na beira da linha. Nem sei bem se era ou não casa de ferroviário. Quando o trem se aproximou, vi duas mulheres em atitude de expectativa. Uma já trintona, gorda e desmanchada[31], com os braços cruzados por cima dos grandes seios que pertenciam a uma porção de meninos espalhados por ali, tinha um sorriso de simpatia bonachona[32] dirigido para o nosso guarda-freios. A outra, uma pequena pra cidade, meio alourada, espigadinha[33], sorria igualmente mas de modo diverso, ao vê-lo trafegar triunfante na plataforma. E quando o nosso carro estava bem em frente dela, eis senão quando o rapaz atira o busto para fora rapidamente, com os pés fixos na escada, como se fosse voar sobre a pequena, o malandro!

semblante[26]: aspecto
arbitrário[27]: casual
extenuado[28]: cansado
seiva[29]: energia, vigor
pôquer[30]: jogo de cartas
desmanchado[31]: desleixado
bonachão[32]: que tem bondade natural
espigado[33]: alto e magro

Movimento mesmo de voar, uma projeção do corpo no ar vazio até que os braços presos aos corrimãos da escada o puxaram pra trás, agindo tal-qualmente[34] a dois cabos elásticos. Ao mesmo tempo a pequena moveu um pouco os braços, descontrolada pelo imprevisto, quase os levantando como se esperasse realmente acolher neles o corpo do voador. Ele ria divertidíssimo; mas a moça não ria, unindo bem ao longo do corpo esguio[35] os dois braços caídos como se ainda tivesse dificuldade em dominá-los, com uma expressão de desapontamento sorridente pelo manejo[36] que os fizera mover. Por ela percebi que era a primeira vez que o guarda-freios lhe fazia aquela brincadeira. Tinha sido bonito... e poético!

Despertei em Bom Despacho, onde desembarquei, alheando-me[37] do guarda-freios com a preocupação de retirar depressa as minhas malas. Quando embarquei no dia seguinte, já não tive a sua companhia. Talvez estivesse de folga. E quando voltei a fazer aquela zona, nunca mais o vi.

Um dia, ao ver passar na beira da linha as três casas de uma turma de conserva, me lembrei de perguntar por ele ao chefe do trem. Que fim teria levado o guarda-freios? Expliquei-o como o rapaz que usava um lenço de seda no pescoço, preso por uma aliança. Morrera, me disse o chefe. Facadas. Uma questão de rabo de saia.

Não tive a mínima surpresa: um homem como aquele não podia viver muito.

tal-qualmente[34]: igualmente
esguio[35]: alto e magro
manejo[36]: manobra, artimanha
alhear-se[37]: distrair-se, esquecer-se

O Ladrão

Tenho o sono leve. Naqueles dias em que passei sozinho em casa, talvez fosse mais leve, dentro daquele estado de meia pessoa em que todo bom pai de família se sente quando está longe dos seus. Acordei e, ao que me pareceu, logo no começo daquele ruído quase imperceptível junto à janela do meu quarto. Era evidente, agora, que arranhavam a parede externa, com infinitos cuidados. Aliás, já me haviam dito que aquela janela aberta à noite era accessível a um gatuno ágil e resoluto[1]. Um perigo, diziam. Nunca me importei com esse aviso, mesmo porque não acreditava muito em gatunos capazes de praticar tão difícil escalada. Depois, eu vivo como toda a gente: as coisas, boas ou más, sempre acontecem quando têm de acontecer, e não vale estar pensando muito nelas. Já havia bastante tempo que morávamos ali e nada ocorrera daquele gênero. Cada noite que passava em calma era mais um argumento contra o aviso dos precavidos, os quais, naquela famosa noite, ficaram de súbito vitoriosos enquanto dormiam sossegadamente; e enquanto eu...

Sim, já não havia a menor dúvida que arranhavam insistentemente a parede. Justamente naquele ponto em que o telhado do puxado[2] da cozinha podia colocar uma pessoa a menos de um metro da inquinada[3] janela, para dali avançar se dependurando na saliência de tijolos vermelhos que vinha até o parapeito e seguia para o outro lado, muito bonitinha e inútil. E a realidade é que iam dentro de uns segundos atingir a janela. Alguém ia atingir a janela!

Nunca supus que pudesse proceder com tanta calma numa apertura como aquela. Não tinha em casa qualquer

resoluto[1]: determinado
puxado[2]: acréscimo de um ou mais cômodos em uma casa
inquinado[3]: sujo

arma, de qualquer espécie. Me levantei devagarinho, me armei como pude e me aproximei da fatídica[4] janela, esgueirando-me pela parede por onde vinha se equilibrando o ladrão do lado externo. Era agir com decisão e rapidez! Se o sujeito não desistisse da empresa arriscada e difícil, dentro de um segundo as suas mãos apareceriam sobre o próprio parapeito...

O meu maior receio era de que alguém passasse pela rua e desse alarma atrapalhando tudo, ao ver o sujeito dependurado. Pois, ainda que me espantasse a mim mesmo, estava satisfeito como um caçador a quem a caça não podia escapar – a não ser que viessem espantá-la. Essa ocorrência de ladrões a domicílio, essas notícias que a imprensa desdobra à nossa curiosidade, sempre incomodam a gente, por mais displicência[5] que se queira mostrar. E com aquela arma improvisada na mão, quase que me sentia importante. Ou pelo menos me sentia o vingador, escolhido não pelo acaso mas pelo sono leve, o vingador de todos os surtos[6] e preocupações que aquelas notícias espalhavam pelos bairros. E esperava com uma tranquilidade incrível o momento azado[7]...

Primeiro apareceu uma das mãos, morena, grande, suja de caliça[8], como se a ânsia com que esperava me fizesse enxergá-la tão bem na sombra. Essa primeira mão avançou, também, ansiosamente, sobre o espaço do parapeito, firmando-se na ranhura[9] entre dois tijolos. Como se tivesse vida própria, parecia que estava pessoalmente satisfeita, ou melhor – manualmente satisfeita, por ter chegado a um lugar que libertara os seus cinco dedos do esforço de garra em que se tinha mantido até ali. Nisso, a segunda mão surgiu no ar, ainda mais resoluta do que a primeira, buscando penetrar ainda mais para dentro do vão da janela, a fim de se agarrar ao ângulo feito pelo parapeito e a parede interna, com o intuito manifesto de se fixar ali e puxar para cima o corpo a que pertenciam ambas. Necessário aproveitar o instante em que a

fatídico[4]: trágico
displicência[5]: descaso
surto[6]: acesso, arroubo
azado[7]: oportuno
caliça[8]: cal ou argamassa
ranhura[9]: sulco, vão

segunda estava ainda no ar, antes que surgisse uma cara, um resto de corpo. Aproveitar enquanto tinha que reagir apenas contra a mão mal apoiada, contra a outra que tateava no espaço, como contra dois animaizinhos destacados de um corpo agressivo e robusto – o qual se balançava no espaço, impotente, inútil, embaraçante.

Admiro como pude encarar a situação com precisão tamanha. Não sou particularmente corajoso. Portanto, se assim agia, era porque me ocorrera com admirável nitidez que tudo se resolveria naquele instante de fraqueza extrema do inimigo. As grandes coisas influem nas mínimas e hoje penso que, nesse estado de preocupação de guerra em que se vive no mundo atual, discutindo estratégia e criticando generais, o meu espírito se tornara assim tão exato e límpido, como um comandante que sabe usar o ponto fraco das forças adversárias. Está claro que não me perdia em pensamentos ou considerações, mas procedia por instinto, com notável eficiência.

Ergui o sapato de sola dupla e ferrada e descarreguei um golpe firme, com todas as forças que consegui reunir, sobre a manopla[10] que sustentava o corpo. Esperava um grito de dor, mas não houve grito algum. Apenas a garra que estava ainda desapoiada começou a agitar-se desatinadamente[11], aos pinchos[12] para dentro do quarto, tal uma cabeça de serpente com cinco línguas ou uma hidrinha[13] de cinco cabeças, querendo atingir o autor do golpe. Evitei facilmente aqueles movimentos cegos e repeti a pancada com o sapato. Ainda assim, não houve grito, sequer gemido. Lembrando-me disso depois, refleti como certos indivíduos com tais tendências maléficas têm uma fibra capaz de resistir à dor súbita com verdadeiro heroísmo, de sorte que poderiam ser heróis ou santos – se as tendências fossem benéficas. Ainda foi preciso repetir uma terceira vez o golpe da sola dupla. À terceira, não teve remédio: a mão se

manopla[10]: mão grande
desatinadamente[11]: desvairadamente, doidamente
pincho[12]: salto
hidra[13]: serpente mitológica de sete cabeças

desgarrou do parapeito e o corpo caiu lá embaixo, com um barulho discreto e fofo que me deu a esperança de que nada de mal houvesse acontecido ao coitado do sujeito. Conto--lhes o ocorrido com demora de palavras e de tempo, quando a cena central deve ter levado menos de um segundo. E no resto do segundo eu já estava arrependido do que tinha feito, estranhando que tivesse estado possuído de uma maldade tão matematicamente satânica...

Arrependido e ao mesmo tempo admirado do sangue--frio com que agira. Quando o contasse no dia seguinte, pedia que duvidassem de mim. No entanto, haveria indícios, as marcas que deviam ter ficado na parede e – agora as via – manchas de sangue no parapeito. Quis apenas distrair-me com o sucesso que a minha narração iria provocar, pois na verdade me incomodava no momento não ter ouvido o meliante[14] correr: somente a queda, e um silêncio mortal... Mortal! Debrucei-me na janela e foi com um arrepio de horror que vi o corpo estendido lá embaixo.

Desci a escada, trêmulo, devagar, sem pressa alguma de verificar o irremediável. Felizmente, notei o par de olhos bem vivos que me olhavam na sombra, com um brilho estranho, como os de um gato acuado. Retrocedi um pouco, ante aquele brilho metálico.

– Não precisa assustar, doutor. Estou com um pé quebrado, sem poder andar.

Fiquei ainda um pouco afastado, perturbadíssimo. Depois fui me chegando, sempre com aquela perturbação. Observando aquela cara moça, morena, talvez simpática. Ou simpática pela tristeza e sofrimento, que sei eu!

– Boa noite, murmurei imbecilmente. Não sou doutor, sabe? Doendo muito?

– Demais! Podia chamar a assistência? Me levam preso, mas pro Pronto Socorro. Não aguento...

meliante[14]: malandro, vadio

Eu respirava aliviado. Um pé fraturado não traz perigo imediato de vida. Afastada, portanto, a possibilidade de me tornar um... assassino. Esta palavra já me viera à cabeça ao ver o corpo estendido. De qualquer modo – refleti – o caso ia me trazer complicações com a polícia, com a justiça. Acabaria absolvido pela defesa do meu domicílio, mas até lá quanta amolação... Sou jurado antigo e através das intermináveis sessões do júri ganhei uma noção um tanto ou quanto... agastada[15], a respeito das formalidades judiciárias. Dentro da série de resoluções repentinas e cabais[16] que me ocorreram naquela noite, percebi que o melhor era entrar num acordo com o visitante, valendo-me da discrição com que a sorte rodeara os acontecimentos.

– Escute. Você não irá preso, ouviu? Vou chamar a ambulância, mas sem dizer como é que você veio parar aqui. Entendeu?

– Não entendo não. A polícia me encana, na certa. E é melhor do que ficar assim... Agora mesmo a perna esfria e não tem mais jeito!

– Paciência, meu amigo, murmurei quase com humildade. Você não percebe que vai também complicar a minha vida? Tenho pavor dessas coisas de justiça! Levo você de automóvel até o hospital e digo que a sua queda foi à tarde... (Fui imaginando e falando): Que você apareceu aqui durante o dia pedindo serviço e que mandei limpar as vidraças... Que você caiu e foi recolhido ao quarto dos empregados... Que não liguei nada para o caso, mas à noite acordei com os seus gemidos, percebi então que a coisa era grave e resolvi levá-lo... Que...

Ele baixou a cabeça em sinal de acordo e não foi preciso dizer mais nada. E tudo se fez como se projetara, numa feliz entrosagem de fatos reais e imaginários. No Pronto Socorro Policial me preveniram de que tinha de pagar as despesas de internação e que se abriria inquérito a respeito de acidente

agastado[15]: aborrecido
cabal[16]: definitivo

no trabalho. Não me opus a coisa alguma. A gente vive tanto num mundo de sofismas[17] e eufemismos[18] que, criado aquele aspecto para os fatos, facilmente me adaptei a eles, com semblante[19] de lamentar o acontecido. Aliás, no fundo lamentava tudo. Imaginem que as pancadas na mão correram por conta de contusões na queda...

Pedi ao delegado de polícia que simplificasse o inquérito... Não me opunha de modo algum à indenização. Tudo se resolveria amigavelmente. E que evitasse a curiosidade dos repórteres.

— E o senhor sabe, me disse a digna autoridade, que tinha trabalhando em casa um perigoso lunfa[20]?

— Não, respondi com absoluta inocência. Me pediu o biscate[21], com tão boa cara!

— Pois é preciso verificar se lhe falta alguma coisa, alguma joia ou dinheiro.

— Me parece que não. Em todo caso, não custa verificar. Obrigado.

Um magro acidente no trabalho não açula[22] a curiosidade dos repórteres. No entanto, tratava-se de José Ventanista[23], famoso lunfa especializado em escalar janelas... O delegado me contou depois que tivera que impedir o entusiasmo de um rapaz da imprensa que, farejando o caso, havia projetado o escândalo: "José Ventanista quis bancar o honesto e foi infeliz! Caiu da janela! Na casa do sr. Josefino Silveira e Silva, apareceu um rapaz simpático, dizendo-se desempregado e com fome, pedindo um serviço qualquer. O sr. Josefino, alma caridosa, mandou-o limpar os vidros das janelas, etc. etc." Tremi de cólera. Que gente!

O pessoal do hospital deve ter estranhado que eu levasse até frutas para um simples empregado, um ocasional limpador de vidros. Poderiam supor que fosse remorso meu, depois de ter confessadamente dado nenhuma importância à

sofisma[17]: argumento falso, enganação
eufemismo[18]: palavra ou expressão utilizada para suavizar outra mais grosseira
semblante[19]: aparência, aspecto
lunfa[20]: ladrão, gatuno
biscate[21]: trabalho pequeno, bico
açular[22]: excitar
ventanista[23]: ladrão que invade uma casa pulando a janela

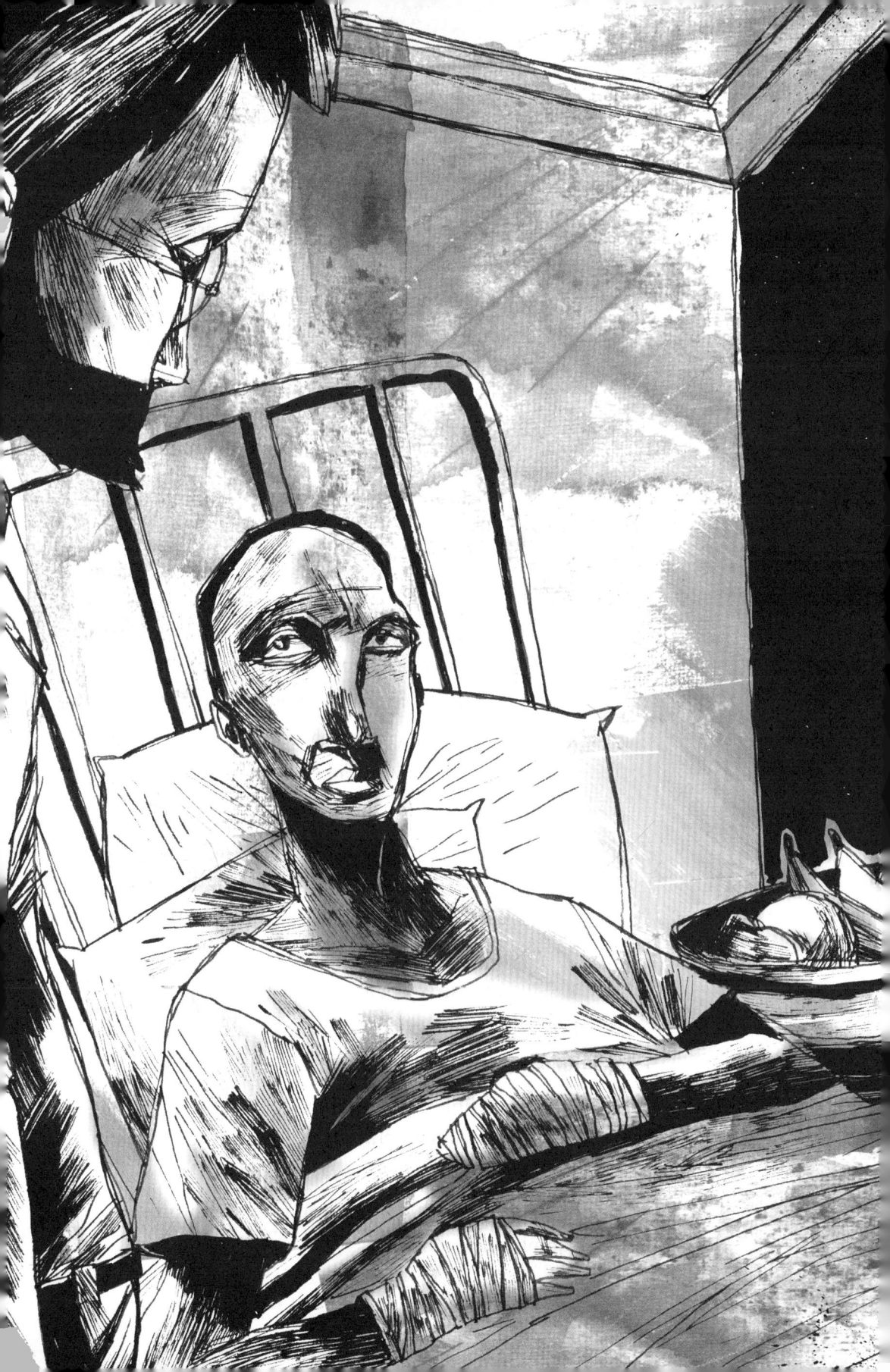

queda dele, até que o sujeito me assustara com os gemidos. E tais cuidados com um larápio! Supusessem isso ou outra coisa, é certo que não modifiquei até que o internado, cujo nome era José da Silva simplesmente, tivesse alta, após vinte e dois dias justos.

– Com o dinheiro do acidente, você pode ainda descansar um pouco e depois procurar trabalho. Por que não muda de vida?

– Pode ser, doutor... O senhor foi tão bom! Fico é agradecido ao senhor... Quanto ao senhor, eu garanto; pode ficar sossegado, na sua casa!

Dias depois, veio bater à minha porta, oferecendo-se como limpador de vidros. Cumprimentamo-nos como velhos conhecidos. Aceitei a oferta.

– Que homem é esse, Fininho? perguntou Odalisa, que já tinha chegado da visita aos seus, com os meninos.

– É um sujeito que conheço por aí. Já o vi limpar vidros na casa do Seixas. Simpático, não?

Perfeitamente delineado[24]; minha mulher, depois de observá-lo no trabalho, muito serviçal e correto, concordou que era um bom rapaz, e não me arrependi de ter mentido. Mas não sou tão fácil assim: experimentei "esquecer" pequenas importâncias em dinheiro sobre os móveis, para ver se sumiam pelo menos alguns níqueis; mas não sumiam...

Quando estive doente, durante a convalescença, o José começou a me trazer dois ou três frangos, à noitinha, toda semana. Não lhe perguntei a origem desses frangos, para não lhe criar impiedosamente embaraços, pois comigo não podia mentir. Demais, em alguma coisa tínhamos sido uma espécie de cúmplices. Comia os frangos humildemente, como merecida provação, presente de amizade comprometedora, ou de cumplicidade mesmo.

delineado[24]: descrito

– Agora já estou bom, José, lhe disse um dia. Quero que você deixe de trazer frangos.

– E eu fico satisfeito, doutor, me respondeu com uma sinceridade nunca vista. Esse negócio de cerca de galinheiro... uma desmoralização! O que sou, é ventanista. Boa noite.

Senti sinceramente quando li nos jornais que o haviam prendido de novo, por uma nova escalada difícil. Senti, mas me conservei alheio e distante. Parecia mesmo um caso irremediável.

HERÓI MODERNISTA *

João Alphonsus de Guimaraens nasceu em 1901 na cidade mineira de Conceição do Serro. Filho de um dos poetas mais admirados do Brasil, o simbolista Alphonsus de Guimaraens, João também estava destinado a ter uma carreira brilhante no campo das letras.

O ano de nascimento do autor de *Galinha Cega* coincide com a inauguração de um novo século: uma época vertiginosa em que o mundo sofre transformações de natureza política, social e cultural.

Mesmo vivendo a infância e a adolescência entre as montanhas de Minas, no silêncio da província, o escritor não deixou de sofrer o impacto das guerras e revoluções que a todo momento pipocavam nos mais diversos países.

Arquivo da família

João Alphonsus de Guimaraens, em 1926, quando tinha 25 anos.

---

*Apresentação e comentários sobre a vida e a obra do autor elaborados por Ivan Marques, jornalista, ensaísta e doutorando em Literatura Brasileira na USP.

João Alphonsus tinha o espírito livre, avançado, e foi um dos nomes importantes da chamada fase heróica do **Modernismo**, movimento surgido na década de 1920 que renovou a literatura e a arte no Brasil.

Modernismo

A Semana de Arte Moderna é o marco inicial do Modernismo no Brasil. Realizada em São Paulo, em 1922, contou com a participação de artistas e intelectuais como Mário de Andrade, Oswald de Andrade, Heitor Villa-Lobos, Anita Malfatti e Tarsila do Amaral. A grande inquietação intelectual do período resultou na criação de diversas revistas literárias: *Klaxon*, *Terra Roxa e Outras Terras*, *Festa* e *Revista de Antropofagia*, entre outras.

Fac-símile do primeiro volume da revista *Klaxon*, que circulou de maio a dezembro de 1922.

João Alphonsus iniciou os estudos primários com uma professora particular, na cidade de Mariana. Em 1914, quando estourou a Primeira Guerra Mundial, ele entrava para o seminário da histórica cidade de Minas. Estudou humanidades dos 13 aos 15 anos. Enquanto isso, no convívio com o pai, aprendia lições de literatura francesa e cultivava a paixão pela poesia.

Graças à influência de Alphonsus de Guimaraens, João não encontrou dificuldades para publicar seus primeiros textos em jornais. "Na minha província, os meus começos literários foram os de um principezinho", afirmou numa entrevista.

Aos 17 anos, João Alphonsus passou a residir em Belo Horizonte, a nova capital mineira que na época tinha apenas 30 mil habitantes. Na Secretaria das Finanças, ele ocupou seu primeiro cargo como funcionário público.

Cursou Medicina por dois anos, mas acabou se formando em Direito. Conciliava os estudos e o trabalho burocrático com as liberdades da vida boêmia, acompanhado de jovens literatos que depois se tornariam célebres: Carlos Drummond de Andrade, Emílio Moura, Pedro Nava, entre outros. Todos foram colegas no *Diário de Minas*. O jornal pertencia ao governo, mas virou uma espécie de "quartel-general" do Modernismo mineiro.

Arquivo da família

À direita, João Alphonsus, aos 25 anos, acompanhado dos irmãos José Alcino e Afonso.

Os "rapazes de Belo Horizonte" entraram para a história como uma das gerações intelectuais mais ilustres do País. Em 1925, com o aplauso dos modernistas de São Paulo, o grupo fundou uma revista literária, intitulada *Verde*.

Cedoc DCL

Alguns integrantes do grupo *Verde*. Em pé, da esquerda para a direita: Guilhermino César, Renato Gama, Antônio Mendes e Humberto Mauro. Sentados: Henrique Resende, Rosário Fusco e Francisco Peixoto.

No começo, influenciado pelo **Simbolismo**, João Alphonsus só escrevia poemas. Defendia o verso livre, a expressão sincera das emoções, a manifestação do inconsciente. Depois trocou a poesia pela prosa, escrevendo romances e, principalmente, contos, que estão entre os mais elogiados da nossa literatura. Seguindo o exemplo de Mário de Andrade, revirou a sintaxe lusitana e empoeirada, incorporou com intimidade a fala coloquial, cometeu "erros gramaticais", inventou palavras... O que importava era "escrever brasileiramente sobre temas brasileiros".

Simbolismo

O Simbolismo é uma corrente literária que teve início na França, no final do século XIX. Entre suas características estão a visão subjetiva do mundo, a espiritualidade, a linguagem simbólica e a musicalidade dos versos. Baudelaire, Verlaine, Mallarmé e Rimbaud são seus principais representantes. No Brasil, destacam-se os poetas Cruz e Souza e Alphonsus de Guimaraens.

Com sua prosa natural e despachada, João Alphonsus publicou três livros de contos (*Galinha Cega*, *Pesca da Baleia* e *Eis a Noite!*) e dois romances (*Totônio Pacheco* e *Rola-Moça*).

Fac-símile da capa de uma das primeiras publicações do romance *Rola-Moça*, pelo qual João Alphonsus recebeu prêmio da Academia Brasileira de Letras, em 1938.

Em 1944, o escritor faleceu em Belo Horizonte por causa de uma endocardite bacteriana. Além de participar do movimento modernista, o pouco que ele viveu (43 anos) foi suficiente para que seu nome fosse incluído numa espécie lendária: a dos escritores "buriladores" de Minas.

O escritor, aos 38 anos, com a esposa Esmeralda e os filhos Liliana e Fernão.

ESCRITOR DOS HUMILDES

O maior triunfo do Modernismo foi tirar a literatura nacional do atraso em que ela se encontrava no começo do século XX. Mas os artistas não se limitaram a copiar inovações do Futurismo, do Cubismo e de outros movimentos europeus de vanguarda. Nas letras, na pintura e na música, o que se buscava era conhecer e revelar o Brasil. A partir de 1930, com a chamada segunda geração modernista, cresce a valorização do nacional e do popular. A fisionomia do povo surge com toda a sua diversidade na literatura do Nordeste, do Rio Grande do Sul, de Minas Gerais e do Rio de Janeiro.

João Alphonsus com o primogênito João.

Movimentos de vanguarda

Diante das transformações vivenciadas no início do século XX, artistas e intelectuais europeus decidem romper com a tradição e experimentar novas linguagens. Os movimentos de vanguarda (Futurismo, Dadaísmo, Expressionismo, Cubismo e Surrealismo) chocam a sociedade com concepções estéticas revolucionárias, mudando radicalmente os rumos da arte ocidental.

É nessa década que João Alphonsus publica seus livros. Nos romances, ele testemunha as transformações que ocorriam em Belo Horizonte, uma capital de arquitetura moderna habitada por gente do interior, como podemos ler no texto a seguir, extraído da obra *Totônio Pacheco*:

"Eu assisti começar a fazer Belo Horizonte. Isto aqui era um *far-west*, coronel! Revólver na cintura e fé em Deus e no major Lopes. No meio da noite as ameixas pipocavam: pá! pá! Um sujeito espichado na lama. O diabo é que sabia quem matou... Lama, atoleiros para as carroças de material, todo o mundo andava de botas por causa da lama. Parecia que chovia o ano inteiro sem parar. A estrada de ferro subia por onde é agora a rua Espírito Santo e ia parar na Praça da Liberdade, conduzir material para a construção do palácio do presidente, das secretarias. Os italianos chegavam da Itália em penca: morriam e matavam também. O major Lopes, quando prendia um assassino, dava nele até que confessasse o crime. Era bem feito, porque se o sem-vergonha não tivesse matado aquele podia ter matado outro... Diziam até que era o pessoal de Ouro Preto, furioso por causa da mudança da Capital, que pagava os assassinos".

Fala do mestre de obras Bellino, no romance
Totônio Pacheco (Imago, p. 90).

Planejada para ser a capital do Estado de Minas Gerais, Belo Horizonte é o cenário do romance *Totônio Pacheco*. Foto de J. Monteiro. Vista parcial da rua Sergipe entre Aimorés e Gonçalves Dias, 1930.

Cedoc DCL

Nos contos, João Alphonsus divide-se entre a prosa urbana e a regionalista, focalizando sempre os mistérios do cotidiano, o sofrimento dos homens simples, dos pobres, dos bichos. Exibe uma linguagem equilibrada, construída com paciência e rigor, que são traços fortes entre os poetas e ficcionistas de Minas. A narrativa se desenvolve sem pressa, metodicamente, como se fosse uma conversa mole de repartição. As histórias sertanejas possuem a calma e a naturalidade de um caso contado à beira do fogo.

A discrição no estilo parece refletir o temperamento recolhido dos escritores mineiros. Nem sempre João Alphonsus relata acontecimentos. Muitas vezes ele prefere a observação psicológica e a vida interior das personagens. O ambiente provinciano, fechado, aparece em contraste com as tentações do **"vasto mundo"**.

Arquivo da família

O autor na tribuna, quando exercia o cargo de Promotor de Justiça da Primeira Vara de Belo Horizonte.

No famoso "Poema de Sete Faces", publicado em 1930 no livro *Alguma Poesia*, Carlos Drummond de Andrade escreve:

"Mundo mundo vasto mundo,
se eu me chamasse Raimundo
seria uma rima, não seria uma solução.
Mundo mundo vasto mundo,
Mais vasto é meu coração."

Na verdade, o que era pequeno se torna grande e dramático. Numa prosa cheia de recursos poéticos, o autor revela a beleza misteriosa que existe nas coisas mais banais. Essa era a matéria-prima de seus contos, como notou José Lins do Rego – "as pequenas coisas, aquilo que era, porém, substância da alma, os incidentes que olhos vulgares não viam, este escritor, de verdadeiro senso de humor, transformava em matéria de conto ou romance que nos abafava pela ternura, ou pela maldade, pela dor que continha".

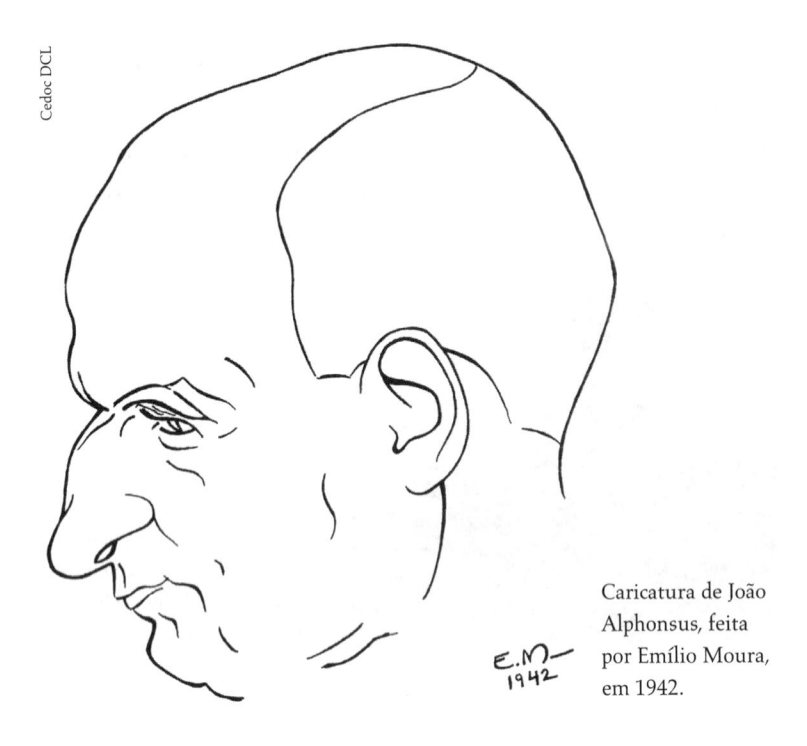

Cedoc DCL

Caricatura de João Alphonsus, feita por Emílio Moura, em 1942.

As personagens são almas simples que vivem no sertão ou nos arredores da capital. São quase todas pobres e desamparadas. E ninguém traduz a simplicidade e o abandono tão bem quanto os bichos, que merecem um carinho especial: a galinha cega, o burro Mansinho, o gato Sardanapalo, Malhado... Nas páginas mais belas de sua obra, João Alphonsus sugere que não há diferença entre a miséria dos homens e a dor silenciosa dos animais.

Alguns contos são pesadelos macabros. A vida corriqueira ganha tonalidades sombrias com a intromissão de situações inesperadas, estranhas, na tradição da literatura fantástica e de terror. João Alphonsus experimentou muitos caminhos. Às vezes, ele parece muito irônico, pessimista, como se tivesse perdido todas as ilusões. Em outros momentos, o que salta aos olhos é a visão poética das coisas e o amor profundo do autor por suas criaturas.

João Alphonsus, na expressão do poeta e amigo Drummond, criou "uma literatura humana, terrivelmente, miudamente, dolorosamente humana".